An diesem Samstag machte Frau Jasmin ihren kleinen Obst- und Gemüseladen am Waldrand zehn Minuten später auf als sonst. Wegen dieser zehn Minuten starben nicht weniger als drei Menschen in Maulheim, Frau Jasmin wurde wegen Mordverdacht verhaftet und ihr Laden in Schutt und Asche gelegt. Zumindest könnte es so gewesen sein …

»Während das Dorfidyll in Maulheim durch einen seltsamen Fund aus den Fugen gerät, lehrt Martina Brandl mit gekonntem Augenzwinkern das Fürchten vor Früchten. ›Schwarze Orangen‹ überrascht auf jeder Seite und sorgt für gute Laune.«
Freundin

»Martina Brandl schreibt originell und witzig. Mit einem Augenzwinkern erzählt sie, dass gesundes Obst gefährlich werden kann und auch unsere Mitmenschen nicht so harmlos sind, wie sie erscheinen. Als genaue Beobachterin der kleinstädtischen Szene weiß sie ihre Leser amüsant an der Nase herumzuführen.«
Ingrid Noll

Martina Brandl, Komikerin und Sängerin, trat zunächst als musikalischer Gast auf Lesebühnen auf und schrieb dann selbst Kurzgeschichten. Ihre Romane ›Halbnackte Bauarbeiter‹, ›Glatte runde Dinger‹ und ›Schwarze Orangen‹ sind Bestseller. Seit 1995 tourt sie mit ihren Programmen in ganz Deutschland, tritt im Fernsehen auf und spricht die Kanzlerinnen-Soap ›Angie und die Westerwelle‹. Martina Brandl wurde für ihr Werk mehrfach ausgezeichnet. Nach zwanzig Jahren Berlin lebt sie jetzt wieder in Schwaben.
www.martina-brandl.de

Weitere Informationen, auch zu E-Book-Ausgaben, finden Sie bei www.fischerverlage.de

Martina Brandl

Schwarze Orangen

Roman

Fischer Taschenbuch Verlag

Veröffentlicht im Fischer Taschenbuch Verlag,
einem Unternehmen der S. Fischer Verlag GmbH,
Frankfurt am Main, Januar 2013

© S. Fischer Verlag GmbH, Frankfurt am Main 2011
Satz: Dörlemann Satz, Lemförde
Druck und Bindung: CPI – Ebner & Spiegel, Ulm
Printed in Germany
ISBN 978-3-596-18464-4

Warnung

Es ist ein weitverbreiteter Irrglaube, dass Gemüse, nur weil es aus der Erde kommt, aus dem Dunklen, Feuchten, in das wir uns nur ungern hinabbegeben, weil wir es von klein auf mit Dreck und darin wühlenden unappetitlichen Tieren assoziieren, von Grund auf schlecht ist. Wir schreiben einer harmlosen Sellerieknolle oder einer Steckrübe niedere Eigenschaften wie Geschmacklosigkeit zu oder beschuldigen sie, arbeitsintensiv in der Zubereitung zu sein und langweilig zu schmecken. Ganze Gemüsegerichte wie Linsen mit Speck oder Kohlrouladen werden als Winteressen bezeichnet und Kartoffeln zur Sättigungsbeilage degradiert.

Bei allen farbenfroh daherkommenden Sorten von Obst sind unsere Gedanken freundlicher. Selbst wenn wir sie vorher nie gesehen haben, ja nicht einmal wissen, woher sie kommen, greifen wir danach wie Kinder nach bunten Drops. Weil uns die Neugier treibt. Wir wollen wissen, welche Schätze in ihrem Inneren auf uns warten. In knalligen Farben und üppigen Formen springt Obst uns an und verwirrt uns mit seinen phantasievollen Erscheinungsformen. Es lockt uns mit verschwenderischer Vielfalt, schmeichelt unserem Auge und verführt uns mit der ältesten, verfügbarsten und am meisten unterschätzten aller Drogen: Zucker. Wir lassen uns blenden von Kirschrot, Apfelgrün und Pflaumenblau und sehen nicht, was in Wahrheit dahintersteckt.

Wussten Sie zum Beispiel, dass Orangensaft ebenso zuckrig ist wie Cola und dass Erdbeeren eine Form von Nüssen sind? Dass die Tomate, die, da man sie roh isst und nicht die Knolle, sondern ihre Frucht verspeist, strenggenommen kein Gemüse, dafür aber sehr eng verwandt ist mit der giftigen Alraune und der Tollkirsche? Alle drei sind Nachtschattengewächse und produzieren Alkaloide, aber davon später.

Stellen Sie sich nun einen Laden vor. Einen leeren Laden, in dem nur zwei Kisten stehen. In der einen liegen brav nebeneinander ordentlich gestapelte, frisch gezogene Möhren, orange und knackig. Und daneben steht eine Kiste voller Orangen. Kugel auf Kugel, aufgetürmt zu einem chaotischen Haufen von praller Fruchtigkeit. Stellen Sie sich vor, Sie dürften sich nur ein Stück aussuchen. Ohne Frage würden die meisten Leute bedenkenlos nach der Orange greifen. Und nun frage ich Sie: Wer hat mehr Nährwert, ist billiger und auf vielfältigere Art verzehrbar? Roh als Snack, zum Dippen mit Kräuterquark, gekocht als Gemüse, zur Suppe püriert oder gestiftelt als Salat? Mit einer Orange kann man nur eines machen: schälen und essen. Ja gut, man kann sie auch saften. Aber das kann man mit einer Zwiebel auch. Und mit einer Möhre! Bei einer Orange kann man noch nicht mal sicher sein, dass sie schmeckt. Wie oft haben Sie schon in freudiger Erwartung und mit tropfendem Zahn eine dieser Südfrüchte gepellt, mühsam, unter Einsatz des Daumennagels und mit klebrigen Fingern, und wenn Sie endlich beide Daumen in die körperöffnungsgleiche Mitte der Frucht steckten, um sie zu teilen, wurden Sie bitter enttäuscht: Manche Orangenschnitze sind strohig und trocken, manche labberig und voll von Kernen, meistens aber sind sie einfach nur sauer. Man fühlt sich betrogen und unbefriedigt. Im schlimmsten Fall würgt man das unappetitliche, nasse Zeug trotzdem runter, weil es einem zum Wegwerfen zu teuer ist.

Und wie oft haben Sie schon eine Karotte gegessen, die nicht nach Karotte geschmeckt hat?

Folgen Sie mir nun in ein Haus, in dem diese beiden so unterschiedlichen Früchte friedlich nebeneinander koexistieren. Ein Obst- und Gemüsegeschäft in einer kleinen Stadt, am Fuße der Berge. Ein Ort, wie man ihn sich friedlicher nicht vorstellen kann. Keiner der Bewohner dieses Fleckens ahnte, welche unheilbringende Saat hier zwischen Kiwis und Bohnen keimte. Denn sie wussten nicht, dass Gemüse harmlos ist und Obst verschlagen. Natürlich macht es Mühe, Spargel zu schälen,

Pfifferlinge abzupinseln und jedem Salatblatt einzeln unter kaltem Wasser den Sand abzuspülen. Manche Früchte, die wir aus dem Boden holen, brauchen unsere Fürsorge: Wir müssen sie waschen, bürsten und blanchieren, bevor wir sie genießen können. Obst ist willig. Gut für den schnellen Genuss. Aber hinter seiner anbiedernden Schale kann sich alles verbergen.

Unverhofft kommt oft

An diesem Samstag machte Frau Jasmin ihren Laden zehn Minuten später auf als sonst. Als sie die Rollos hochzog, zuerst das breite vor dem Schaufenster, dann das lange am Eingang, stand Frau Klammroth schon draußen und wartete. Sie winkte aufgeregt durch die Scheibe. Frau Jasmin grüßte freundlich zurück und schloss auf. Den Schlüssel noch im Schloss, verschanzte sie sich hinter der Tür, als Frau Klammroth den kleinen, mit Obst- und Gemüsekisten vollgestellten Raum enterte und nicht ohne mahnenden Unterton sagte: »Heute sind wir aber spät dran!«

»Oder Sie zu früh. Das kann man so oder so sehen«, gab Frau Jasmin zurück.

Frau Klammroth war eine alte Stammkundin. Jeden Morgen um punkt zehn, ausgenommen dienstags und donnerstags, ging sie direkt von ihrem täglichen Besuch im Schwimmbad in den Obstladen und erzählte den neuesten Klatsch aus der Welt der Dauerkartenschwimmer. Am Dienstag kaufte sie bei der Konkurrenz auf dem Wochenmarkt ein. Zwar hatte sie deswegen ein schlechtes Gewissen, aber dort traf sie diejenigen, die nicht ins Schwimmbad gingen, und konnte ihre Tratschlücken auffüllen. Donnerstags ging sie in die Sauna, denn da war Frauentag. »Jeder, wie er kann«, pflegte Frau Klammroth zu sagen, »aber das Gehänge von den Männern muss ich mir nicht ankucken.« Frau Jasmin wusste das. Sie kannte viele, für ihren Geschmack zu viele Details aus Frau Klammroths Leben, und dank der beiden hervorstechendsten Eigenschaften ihrer Stammkundin, Neugier und Mitteilsamkeit, erfuhr sie auch so manches über viele andere Bewohner des kleinen Örtchens. Die beiden Frauen hatten so oft unbeobachtet zwischen den holzverkleideten Wänden gestanden, inmitten von schrägen Regalbrettern, auf denen das bunte Obst lagerte. Der Duft der frischen Ware, die Ruhe, die von den ordentlich gestapelten, lückenlos mit Salatköpfen gefüllten hellen Kisten ausging, und das gemütliche Rascheln von braunen Papiertüten hatte sie mit den Jahren jegliche Diskretion fallen lassen, obwohl jede einzeln befragt, ob sie miteinander befreundet seien, das vehement verneint hätte. Frau Jasmin wusste, dass sie sich den eben an den Tag gelegten Tonfall Frau Klammroth gegenüber leisten konnte, ohne sie als Kundin zu verlieren. Außerdem war »Das kann man so oder so sehen!« von den über zwanzig Standardredewendungen, die die Obsthändlerin täglich in ihre Konversation einbaute, eine ihrer liebsten.

»Ich komme jeden Morgen um zehn!«, empörte sich die Eintretende nun, »wieso ist Ihnen das plötzlich zu früh?«

»Ich bin heute eben etwas langsamer«, antwortete Frau Jasmin und rang sich ein Lächeln ab, »eine alte Frau ist kein D-Zug.«

Sie hatte jetzt keine Nerven für eine Frotzelei mit Frau Klammroth, und sie wollte ihr auch nicht erzählen, dass sie, deren Leben ansonsten wie ein Uhrwerk ablief, heute um zehn Minuten aus dem Zeitplan gekommen war. Zehn Minuten, die mehr Unordnung in die kleine Stadt am äußersten Rand der deutschen Landkarte bringen sollten, als Frau Jasmin an diesem türkisblauen Vormittag im Juli ahnte.

Wegen dieser zehn Minuten starben nicht weniger als drei Menschen in Maulheim, Frau Jasmin wurde wegen Mordverdachts verhaftet und ihr Laden in Schutt und Asche gelegt. Zumindest könnte es so gewesen sein. In einem Spionage-Thriller oder einem Zombie-Schinken hätte es sogar so sein müssen. Und wenn Sie ehrlich sind, lieber Leser, dann hat Ihnen der Satz mit den drei Toten in zehn Minuten gefallen, oder? Es waren keine drei Toten in zehn Minuten, sondern drei Tote infolge dieser zehn Minuten. Über den Zeitraum, in denen diese armen Menschen vorzeitig ihr Leben lassen mussten, wurde nichts gesagt. Aber das haben Sie überlesen, stimmt's? So gierig, wie Sie den Satz verschlungen haben, blieb nur »Drei Tote« und »Mordverdacht« hängen. Bitte, ich wäre der Letzte, der Ihnen das übelnähme! Ich habe ja selbst einen Hang zum Drama. Finden Sie es unangenehm, dass ich Sie aus dem Buch heraus anspreche? Es wird nicht allzu oft vorkommen. Versprochen. Ich halte es aber für wichtig, Ihnen zu sagen, dass es mich gibt. Ich bin ein bisschen eitel, zugegeben, aber was ich Ihnen erzähle, ist die Wahrheit. Nicht das, was in den Zeitungen stand. Ich war zwar nicht immer überall dabei, aber ich stütze mich auf eine absolut verlässliche Quelle. In so einer kleinen Stadt wie Maulheim sind die Wege kurz, und Neuigkeiten verbreiten sich schneller als man »Erzähl's nicht weiter!« zischeln kann.

Frau Klammroth zum Beispiel, die zu gern gewusst hätte, wo Frau Jasmin die fehlenden zehn Minuten verbracht hatte, fing nun ihrerseits an, eine eben gehörte Geschichte zu erzählen. Sie hatte sie auf dem Weg in den Obstladen auf der Straße zugeraunt bekommen, und sie war so frisch, dass Frau Klammroths linkes Ohr davon noch ganz leicht feucht war.

»Die Frau Professor werden Sie heute wohl nicht zu Gesicht bekommen«, sagte sie direkt heraus, »ihr Mann hat gestern Post bekommen.«

»Ach ja?«

Frau Jasmin hatte noch nicht angebissen. Das machte nichts. Gleich würde die Bombe platzen. Wenn die Obsthändlerin von dieser Unfassbarkeit erfuhr, käme sie in Plauderlaune, und dann könnte man, nachdem sie zwei gute Handvoll Kirschen abgewogen hätte, in dem Moment, in dem sie sich nach den hoch am Haken hängenden Bananen reckte, hinterrücks fragen, wieso der

Rollladen heute zehn Minuten später hochgegangen war als an ausnahmslos jedem Morgen der letzten zweieinhalb Jahre, an dem Frau Klammroth hier eingekauft hatte.

»Ein ziemlich großes Päckchen«, schob sie nach, »die Nachbarin musste es annehmen, weil bei Professors keiner aufgemacht hat.«

Frau Jasmin hob einen Salatkopf hoch: »Ist der recht?«

Klammroth nickte und haspelte aufgeregt weiter. »Das Paket war außen beschädigt, und der Postbote sagte: Wenn was kaputt ist, können Sie das später nicht reklamieren. Und die Nachbarin sagt, ich kann doch keine fremden Päckchen öffnen, und er sagt, die Ware muss bei Lieferung auf Schäden kontrolliert werden, ansonsten kann man hinterher keinen mehr haftbar machen. Außerdem sei es ja schon halb offen.« Hier hielt die früh Ergraute inne, zuckte genüsslich mit den geschlossenen Lippen und sah belustigt über die Theke.

Frau Jasmin verstand, dass sie nun reagieren musste, und fragte: »Und?«

»Und«, plauzte Frau Klammroth raus, »es war eine Puppe drin. Eine …«, sie zögerte und duckte ihre eins siebzig Körpergröße auf unter eins fünfzig, »Erwachsenenpuppe.«

»Die Frau des Professors spielt noch mit Puppen?«

Frau Jasmin schien heute wirklich unkonzentriert zu sein. »Das Ding war an den Professor adressiert!«, sagte

Frau Klammroth eindringlich. »Das war so eine ...«, sie flüsterte, »Sexpuppe.«

Dann stellte sie, wieder in normaler Lautstärke, fest: »Die Nachbarin ist eine furchtbare Tratschtante. Das hat mir Frau Hofmann erzählt, und die hat es von der Bäckersfrau. Die Frau Professorsgattin kann sich erst mal gar nirgends mehr sehen lassen. Dass sich ein Mann in dem Alter noch solche Sperenzchen leisten muss! Wie finden Sie das?«

»Jedem Tierchen sein Pläsierchen«, antwortete Frau Jasmin achselzuckend.

Frau Klammroth zog erstaunt das Kinn ein. »Na, Sie sind aber heute auch nicht richtig auf'm Damm, oder? Hat Sie die Sommergrippe erwischt? Haben Sie deshalb heute später aufgemacht?«

Frau Jasmin, die nicht die Absicht hatte, irgendwem von dem Anruf zu erzählen, der sie heute Morgen um sieben an einen Ort zitiert hatte, an dem sich um diese Uhrzeit niemand außer ihr und dem Anrufer aufhielt, ignorierte die Frage einfach. »Gegen Erkältungen habe ich meine eigenen Mittelchen. Ich hab heute ganz frische Heidelbeeren, Frau Klammroth, die sind herrlich! Und mit ganz hohem Vitamin-C-Gehalt.« Wenn sie sie nur noch ein Weilchen hinhalten konnte. Frau Jasmin wusste, jeden Moment würde Richard kommen, Richard von Stelten, von allen »der Graf« genannt, und sie erlösen. Sie mochte heute wirklich nicht mit Frau Klammroth allein sein.

Genaugenommen war sie das auch nicht. Sagen wir, die beiden Frauen waren nicht gänzlich unbeobachtet. Hinter der angelehnten Tür im Lager saß Sebastian, Frau Jasmins schweigsamer Gehilfe. Eine hagere Gestalt, über die später jemand sagen sollte, er habe die Gabe, alles aufzunehmen wie ein Schwamm, aber nie wieder etwas rauszulassen.

»An Heidelbeeren hab ich mich irgendwie abgegessen«, wehrte Frau Klammroth ab, »die werden einem zur Zeit ja regelrecht hinterherge–«, sie brach den Satz ab, »also, die gibt's jetzt viel«, versuchte sie sich zu retten, aber Frau Jasmin konterte ungerührt: »Bei mir aber nicht. Das sind in meinem Laden die ersten dieses Jahr. Sie wissen ja, ich biete nichts an, was nicht einwandfrei ist.«

»Natürlich«, warf die Kundin schnell dazwischen, aber Frau Jasmin nutzte die Vorlage ohne Gnade: »Wer unabhängig von der Saison immer alles will, kann im Supermarkt einkaufen. Bei mir gibt's Qualität!«

Frau Klammroth schwieg schuldbewusst, und Frau Jasmin schob ihrer Tirade ein besänftigendes, aber auch ein wenig bescheidstoßendes Lächeln hinterher. Das Thema »Einkaufen bei der Konkurrenz« hockte jetzt fett und garstig wie ein ausgehöhlter Halloween-Kürbis auf der Ladentheke, und die Frage nach den zehn Minuten war erst mal vom Tisch.

Frau Klammroth wechselte das Thema. »Ich weiß gar nicht, was ich heute kochen soll«, sagte sie und machte ein hilfesuchendes Gesicht, wohl um der Händlerin ihres Vertrauens wieder eine Hand zu reichen.

»Kohlrabi hab ich heute, ganz zarte«, schlug Frau Jasmin vor, »die mach ich mir heute auch zu Mittag, mit ein paar Frikadellen.«

Bei diesem Nachsatz kehrte auch das Lächeln in Frau Klammroths schmales Gesicht zurück. Offenbar begegnete man sich nun wieder auf einer Ebene.

Frau Jasmin war keine Frau, die jedermann gleich behandelte. Sie machte Unterschiede. So konnte sie es beispielsweise nicht ertragen, wenn Menschen, die sonst beim Discounter einkauften, ihre Auslagen studierten, als suchten sie nach irgendeinem Makel: zu wenig, zu teuer, zu holländisch, alles mit ihren preisbewussten, angeblich erfahrenen, kleinen Hausfrauenhänden antatschten, einen Salatkopf heraushoben, umdrehten und nachsahen, ob die Schnittstelle schon braun war. Das betrachtete sie jedes Mal als persönliche Beleidigung. In ihrem ganzen Laden konnte man nichts finden, das sie nicht persönlich um fünf Uhr früh auf dem Großmarkt überprüft hatte. Da musste man nicht jeden Salatkopf umdrehen, um die schlechten auszusortieren. Bei ihr waren alle Salatköpfe frisch. Sie war schließlich kein Supermarkt.

Gut sichtbar hing an einer groben Messingkette über der Theke ein rotes Plastikschild mit weißeingelassener Schrift: »Ware bitte nicht anfassen!« Ihre Stammkunden respektierten das, weil sie wussten, dass die Geschäftsinhaberin persönlich für sie das Passende aussuchte.

Über eines gab es keinen Zweifel: Frau Jasmin hatte ihren Laden, ihre Kunden und ihre Ware im Griff. Keine Avocado, keine Mango oder Banane ging über ihre Theke, ohne dass sie gefragt hätte: »Wann wollen Sie die essen?« Sagte der Kunde: »Übermorgen«, dann suchte sie ein Stück aus, das genau zu diesem Zeitpunkt den richtigen Reifegrad haben würde. Frau Jasmin konnte sehen, riechen und fühlen, wann eine Frucht wie weit war, und sie wandte diese Fähigkeit auch bei ihren Kunden an.

Die kleine, drahtige Frau Portler etwa welkte schon seit Jahren in einer lieblosen Ehe dahin. Das konnte man sehen, an ihren tiefeingegrabenen Falten von den Mundwinkeln zur Nase hoch, das konnte man fühlen, wenn man ihr die schlaffe Hand drückte, die schon seit langem keine Handcreme mehr gesehen hatte, und das konnte man riechen. Frau Portler roch nämlich nach nichts. Kein Parfüm, kein Schweiß, keine Brise von frischer Luft, die manchmal hereinwehte, wenn ein Spaziergänger den Laden betrat, der aus dem ein paar Schritte entfernten Wald kam und sich nur rasch eine Banane zur Stärkung holte. Frau Portler roch wie jemand, der sich nichts vorzuwerfen hat: Niemand sollte sie für überkandidelt (Parfüm), ungepflegt (Schweiß) oder faul (frische Luft) halten. Wer hatte schon Zeit, im Wald spazieren zu gehen, wenn man ein Haus abzahlte, in dem es immer etwas zu putzen, zu harken, umzuräumen oder den Jahreszeiten entsprechend zu dekorieren gab?

Frau Portler war so farblos, dass sie nicht einmal einen neuen Namen bekam. Den bekamen sonst nämlich alle Kunden von Frau Jasmin, und zwar je nach der Obst- oder Gemüsesorte, an die sie sie erinnerten. Aber das wussten nur ihre engsten Freunde und nun auch Sebastian, den Frau Jasmin Bastl nannte. Frau Klammroth zum Beispiel war eine Gurke: lang, schlank, faltig, aber fest. Homogenes Innenleben mit viel Saft, der nicht sehr konzentriert ist.

Das war keine Boshaftigkeit. Vielmehr fiel es Frau Jasmin so leichter, ihre Kunden auseinanderzuhalten. Da war zum Beispiel dieser merkwürdige kleine, dicke Mann, der neuerdings alle paar Tage kam. Ganz offensichtlich war er alleinstehend, denn er kaufte immer nur kleine Mengen. Er hatte einen dicken Bauch, trug eine braune Baskenmütze und machte sich bei jedem Einkauf Notizen in ein kleines grünes Heftchen, was Frau Jasmin schier wahnsinnig machte. Sie würde schon noch herausfinden, was er da hineinzukritzeln hatte, und bis dahin nannte sie ihn den Steinpilz.

Angefangen hatte sie mit ihren heimlichen Titulierungen, als eines Tages eine auffällige junge Frau den Laden betreten hatte. Sie hatte ein rundes, käsiges Gesicht mit ungewöhnlichen Falten und Aknenarben, die beinahe gleichmäßig die gesamte Oberfläche bedeckten und sich von der Nase ausgehend in alle Richtungen streckten. So zerfurcht stand sie da und sagte: »Ich hätte gerne einen Selleriekopf«, und Frau Jasmin dachte: ›Sieht das nicht so schon schlimm genug aus?‹

Es ging aber bei der Kategorisierung der Kunden nicht immer um die äußere Erscheinungsform. Frau Kohlrabi zum Beispiel hieß so, weil sie eine milde Lieblichkeit verströmte. Ein heiteres Gemüt mit einem friedvollen Kern. Außen zartes Grün und innen nichts als helle Unschuld. Und der Graf, der in mancherlei Hinsicht herausstach, war ganz eindeutig eine Artischocke.

Er betrat den Laden in Begleitung von Yvonne Anzis, die alle nur Yvonne nannten, weil sie das so wollte. Schwungvoll hielt ihr der Graf die Tür auf, und Frau Jasmin stellte missbilligend fest, dass er sich offenbar mit ihr angefreundet hatte. Sie trug wieder einen ihrer auffälligen Filzhüte. Anscheinend besaß sie die in allen Farben. Dieser hier war weinrot mit einem schwarzen Seidenband und hatte eine Bubikopfform. Darunter lugte ein Fingerbreit hellblondes Haar hervor, dessen Schnittkante exakt an der Linie des Hutes verlief.

»Sehen Sie, da ist sie«, rief Frau Klammroth in Yvonnes Richtung, »ich hab Ihnen ja gesagt, sie kommt gleich«, und an Frau Jasmin gewandt fuhr sie fort: »Wir haben uns vorhin schon einmal vor dem Laden getroffen, aber sie wollte nicht warten.«

Yvonne preschte an der Gurke vorbei zum Verkaufstresen. »Ich bin froh, dass ich noch mal weggegangen bin, sonst hätte ich nie Herrn von Stelten kennengelernt!«, sagte sie und strahlte wie eine Sternfrucht.

Frau Jasmin verkniff sich einen Kommentar und grinste säuerlich.

Das Mädchen, denn ein solches war die hochgewachsene Blondine in Frau Jasmins Augen, war neu in der Stadt. Eines Tages war sie zusammen mit einer zwei Meter dicken Vanilleparfüm-Wolke zur Tür hereingeweht, hatte sich als Yvonne vorgestellt und vom ersten Moment an wie eine Stammkundin benommen. Seitdem kam sie beinahe täglich, und meistens in einem Moment, in dem es Frau Jasmin nicht in den Kram passte.

»Wir haben uns eben erst kennengelernt und gleich festgestellt, dass wir denselben Lieblingsschriftsteller haben«, sagte sie jetzt und stand, einen Meter achtzig groß, mit ihrem Eulengesicht ganz dicht an der Ladentheke: dunkle Augenbrauen und ein flaches, rundes Gesicht mit einer filigranen, leicht nach unten gebogenen Nase.

»Darf's bei Ihnen noch was sein, Frau Klammroth?«, fragte Frau Jasmin an der Filzkappe vorbei.

»Ich schau mich mal noch ein bisschen um; machen Sie ruhig erst weiter«, erwiderte Klammroth fröhlich, denn jetzt wurde es für sie ja erst richtig interessant.

»Richard«, wandte sich Frau Jasmin an Herrn von Stelten, »macht es dir was aus, wenn ich die junge Dame zuerst bediene? Bei dir wird es ja sicher etwas Größeres.«

Yvonne kaufte nie mehr als ein, zwei Stücke Obst, und auf die Art und Weise wäre sie sie schnell wieder los.

Aber die große Blonde winkte mit einer übertriebenen Geste ab: »Ich weiß überhaupt noch nicht, was ich will«, sagte sie, »und es macht mir nichts aus zu warten. Ehrlich gesagt, bin ich froh, wenn ich mal ein bisschen rauskomme aus meinem Arbeitszimmer. Bitte, Herr von Stelten«, sie machte eine einladende Handbewegung und neigte den Kopf altmodisch zur Seite, »vielleicht inspirieren Sie mich!«

»Da würde ich mich lieber an die Expertin wenden«, erwiderte der Graf bescheiden, »ich lasse mich ganz von ihren Empfehlungen leiten.«

»Was willst du denn heute kochen?«, fragte Frau Jasmin.

Der Graf stellte seinen geflochtenen Weidenkorb auf die Theke. »Es gibt Fisch im Hauptgang, und ich habe mich noch nicht für die Beilagen entschieden. Für die Pasta brauche ich auf jeden Fall einen Bund Kerbel, Petersilienwurzel und Steinchampignons.«

»Hach, klingt das lecker«, schwärmte Frau Klammroth neben der Kartoffelkiste. »Männer sollten viel öfter kochen, dann könnten wir uns auch mal ausruhen, nicht wahr, Frau Yvonne?«

Aber die lachte: »Ich sagte schon zu Herrn von Stelten: Ich koche nie! Nicht, weil ich nicht möchte. Ich hab es einfach nie gelernt. Ich hab mal versucht, es mir selbst beizubringen, und es endete damit, dass ich meine einzigen zwei Töpfe wegwerfen musste. Wirklich, ich bin ein totaler Kochversager. Wahrscheinlich fehlt mir einfach das Talent dazu! Aber Herr von Stelten sagt: Wenn man die richtigen Zutaten hat, ist Kochen überhaupt kein Hexenwerk!« Bei den letzten Worten reckte sie das Kinn wie eine Zwölfjährige und blickte erwartungsvoll zum Grafen an der Theke.

»Fenchel hab ich heute frischen, der passt gut zu Fisch«, sagte Frau Jasmin, und es klang wie eine Drohung.

Dann redeten alle durcheinander. Frau Klammroth fing mit Yvonne ein Gespräch über Kochen mit gesunden Zutaten, Männer im Allgemeinen und die jungen Frauen von heute an. Frau Jasmin bediente währenddessen den Grafen und versuchte gleichzeitig, Yvonne loszuwerden. »Sie, ich hab heute prima Bio-Bananen. Die sind gut fürs Gehirn«, rief sie ihr zu.

»Ja, schön, ich nehme eine«, antwortete Yvonne, ohne hinzusehen, da Frau Klammroth nicht aufhörte, auf sie einzureden.

»50 Cent«, rief Frau Jasmin eine Spur zu laut und legte die einzelne Banane schwungvoll auf den Verkaufstisch.

Yvonne kramte in ihrem Portemonnaie wie jemand, der beim Schwarzfahren erwischt wird, und Frau Klammroth, die Stille nicht länger als drei Sekunden aushalten konnte, bemerkte: »Das ist aber ein kleiner Einkauf.«

»Ach, ich komm heut bestimmt noch mal wieder«,

sagte Yvonne, während sie weiter nach Kleingeld suchte, »vielleicht starte ich ja doch noch einen Kochversuch, meine Essenseinladung für heute Abend ist leider geplatzt.«

»So ein Zufall«, schaltete sich der Graf ein, »und mir fehlen zwei Gäste.«

»Einer!«, widersprach Frau Jasmin vehement.

»Ach, du weißt es ja noch nicht«, erklärte der Graf, »Ewald hat abgesagt. Und ich hab den Fisch schon gekauft! Yvonne, würden Sie mir die Freude machen und heute Abend mein Gast sein?«

»Na, na«, Frau Jasmin warf klingend Yvonnes 50-Cent-Stück in die Kasse, »du hast doch gehört, dass sie sich selbst etwas kochen will.«

»Ach, das kann sie doch morgen auch noch.« Herr von Stelten war nicht mehr zu bremsen: »Yvonne, was sagen Sie?«

Frau Klammroth röchelte im Hintergrund. Entweder weil sie noch nie in die illustre Runde eingeladen worden war, oder weil sie sich an der Weintraube verschluckt hatte, die sie in einem unbeobachteten Moment aus dem Regal stibitzt hatte.

Yvonne strahlte. »Sehr gern!«, antwortete sie glückselig.

Von Stelten sagte aufgekratzt: »Dann brauch ich noch ein paar Steinchampignons mehr.«

Frau Jasmin antwortete: »Da müsste ich welche aus dem Lager holen«, und rührte sich nicht vom Fleck.

Aber keiner hörte ihr mehr zu. Von Stelten war damit beschäftigt, Yvonne den Weg zu seinem Haus zu beschreiben, und Frau Klammroth versuchte mit zuckenden Schultern und aufgerissenem Mund, die Traubenhaut aus ihrem Schlund hochzuhusten.

Frau Jasmin drehte den Kopf Richtung Lager und rief mit schriller Stimme: »Bastl! Kannst du bitte eine Kiste Steinchampignons bringen?«

Knarzend öffnete sich die schlichte Sperrholztür, und Frau Jasmins finster dreinblickender Gehilfe schlurfte herein. Als er an Frau Klammroth vorbeikam, wich diese einen Schritt zur Seite.

»Ich zahl dann mal«, sagte sie und beobachtete argwöhnisch, wie Sebastian mit einer Hand die leere Champignonkiste angelte und sich schweigend wieder Richtung Lager bewegte, während Frau Jasmin die Rechnung fertig machte.

»Sechs achtzig sind's bei Ihnen«, sagte sie freundlich und reichte drei gutgefüllte braune Papiertüten über die Theke, die gleich darauf in Frau Klammroths Badetasche verschwanden.

»Also dann bis heut Abend«, trällerte Yvonne, als sie zur Tür hinausging, und Frau Klammroth beeilte sich, ihr zu folgen.

Das Metallglöckchen an der Tür bimmelte noch, als Frau Jasmin fassungslos fragte: »Sag mal, hast du sie noch alle? Wir kennen die doch gar nicht!«

»Dann lernen wir sie eben kennen«, gab der Graf ungerührt zurück.

»Wir haben noch nie einen Fremden eingeladen, nur weil einer von uns nicht konnte«, beschwerte sich Frau Jasmin, und der Graf wandte ein: »Wenn Marianne nicht mehr kommt, wird die Runde etwas klein. Wir wären heute nur zu dritt gewesen.«

»Und wenn's ihr heute Abend bessergeht?«

Der Graf zog die Augenbrauen hoch und die Mundwinkel nach unten, was so viel heißen sollte wie »Das glaubst du doch wohl selber nicht«.

Frau Jasmin packte entschlossen einen Stapel braune Tüten um. »Und was hat Ewald heute vor?«

»Das fragst du ihn am besten selbst«, antwortete der Graf, aber es klang wie eine Aufforderung, noch mal nachzuhaken.

»Ich halte mich lieber raus aus euren Eheproblemen.«

»Was bist du denn heute so giftig?«, wunderte sich von Stelten.

Jasmin hörte auf zu stapeln. »Bitte, Herr von Stelten, vielleicht inspirieren Sie mich!««, äffte sie Yvonne nach. »Wieso weiß sie überhaupt deinen Namen? Sie kennt dich erst seit fünf Minuten!«

»Sie hat mir die Hand gereicht und gesagt, ›Ich heiße Yvonne‹. Was hätte ich machen sollen? Sagen: ›Das ist sehr schön, aber meinen Namen darf ich nicht nennen, da muss ich erst Sieglinde fragen.‹?«

»Das fehlte noch!«, ereiferte sich Frau Jasmin, »dass

du ihr meinen Vornamen verrätst. Es reicht schon, dass sie hier reinstolziert und sagt: ›Nennen Sie mich Yvonne, das machen alle!‹ Bin ich alle? Ist sie Popstar, dass sie keinen Nachnamen braucht?«

»Also, wenn ich es nicht besser wüsste, würde ich denken, du bist eifersüchtig«, schmunzelte der Graf. »Was hast du eigentlich gegen das Mädel?«

»Nichts«, antwortete Frau Jasmin trotzig, »das geht mir einfach zu schnell. Sie ist keine von uns.«

»Du wirst noch eine richtige Kleinstadttrine«, stichelte er.

»Das war ich schon immer.«

»Dann wird's Zeit, dass du dich öffnest. Wie oft triffst du in Maulheim jemanden, mit dem du dich über Proust unterhalten kannst?«

»Das hat sie dir alles auf den hundert Metern vom Buchladen bis hierher erzählt?«

»Sie ist schnell. Das macht die Jugend.«

Frau Jasmin ließ die Bemerkung unkommentiert. Sie wusste nicht, ob Yvonne weit unter oder knapp an die dreißig war. Sie selbst war jedenfalls ungefähr doppelt so alt. Als Sebastian eine volle Kiste Champignons in den Verkaufsraum trug, faltete sie eine Papiertüte auf und kam hinter dem Tresen hervor. »Ja«, bemerkte sie über die Kiste gebeugt, »sie schließt vor allem Männer schnell ins Herz. Und alberne Hüte.«

»Na ja, das ist doch nichts Schlimmes.« Von Stelten lachte.

»Sag mal, bist du blind?«, Frau Jasmin hielt ihm die halbgefüllte Tüte unter die Nase, zur Kontrolle, »die hat mir dir geflirtet.«

Er nickte die Champignons ab und sagte: »Hast du das an ihrer Hutfarbe erkannt?« Dafür erntete er einen missbilligenden Blick. »Liebe Sieglinde«, schob er gutmeinend hinterher, »ich denke, ich bin alt genug, um auf mich selbst aufzupassen.«

»Alter schützt vor Torheit nicht«, gab sie zurück, »William Shakespeare.«

Er lächelte. »Alter schützt vor Liebe nicht, aber Liebe vor dem Altern. Coco Chanel.«

Sie gab auf. Vier Fenchelknollen und eine Schale Erdbeeren später schlossen sie den Einkauf ab, und als der Laden leer war, ging Frau Jasmin nach hinten ins Lager.

Viele Köche verderben den Brei

»Sie ist ein Spargel«, sagte Frau Jasmin zu Sebastian, der zwischen den bis unter die Decke reichenden Metallregalen, einem Plastikklappstuhl und einem kleinen Campingtisch auf einer umgedrehten Kiste saß. »Ich weiß nicht, in welcher dunklen Erde sie die letzten Jahre gesteckt hat, aber jetzt ist sie raus und will schnellstens verzehrt werden.«

Eigentlich war Frau Jasmin, die als Sieglinde Frahn geboren worden war, kein gehässiger Charakter. Zuerst einmal ging sie immer davon aus, dass der Mensch gut war, und begegnete ihm freundlich. Es gehörte allerdings nicht viel dazu, sich ihr Wohlwollen zu verscherzen. Frau Jasmin fällte ihr Urteil schnell, und zwischen gut und schlecht passte oft nur ein Salatblatt. Was eine braune Delle hatte, kam ihr nicht in den Laden.

Yvonne war aus der Großstadt. Das wäre nicht schlimm gewesen, wenn sie es nicht bei jeder Gelegenheit betont hätte: »Ich komme ja aus der Großstadt. Da gibt es solche hübschen kleinen Läden gar nicht mehr!« Yvonne war freiwillig aufs Land gezogen und wollte hier in der Kleinstadt auf keinen Fall als hochnäsig gelten.

»Nennen Sie mich Yvonne!«, hatte sie gleich am ersten Tag gefordert, weil sie so gern Teil dieser heilen Welt werden wollte und nicht verstand, dass man sich in Maulheim nur duzte, wenn man miteinander verwandt war, sich seit der Schulzeit kannte oder demselben Verein angehörte.

Yvonne war, verzeihen Sie mir den Ausdruck, ein liebenswürdiger Trampel. Sie trat ihren Mitmenschen nicht absichtlich auf die Füße. Sie wusste es nicht besser. Diese Unwissenheit schützte sie allerdings nicht vor Frau Jasmins Einschätzung, ein Spargel zu sein, also so etwas wie ein ahnungsloser Emporkömmling, jemand, der plötzlich auftaucht und überall naseweist. Schließlich war die Geschäftsfrau bei ihrem täglichen Gang über den Großmarkt darauf angewiesen, mit einem Blick zu erfassen, was etwas taugt und was nicht. Und man muss ihr zugutehalten, dass sie ihre Einstellung zu etwas oder jemandem auch umstandslos änderte, wenn sie neue Erfahrungen machte. Sie sagte nie nein, wenn ihr jemand anbot, etwas zu probieren. Wie gesagt, sie war an sich ein freundlicher Mensch.

Das musste sie auch sein. Seit einem Unfall in ihrer Jugend hing ihr rechtes Lid wie gelähmt über den Augapfel, so dass ihr Blick einseitig halb geschlossen war. Und zusammen mit einer großen Nase und einer anderen Frisur, sagen wir, einer wirren roten Mähne mit einem spitzen Hut darauf, hätte sie in düsteren Zeiten den Laden schon nach der ersten kleinen Lebensmittelvergiftung dichtmachen müssen. Frau Jasmins Haar war allerhöchstens hellrot. Und gekämmt. Das schiefe Auge wurde geschickt von einer schmalen grünen Hornbrille umrahmt, die sehr hübsch auf ihrer langen dünnen Nase saß.

»Willst du auch Lasagne?«, fragte sie, während sie einen backsteingroßen beigen Klotz aus dem Kühlschrank holte. Sebastian schüttelte den Kopf. Sie schnitt ein Stück Fertigpampe aus der Plastikverpackung, hievte es auf einen Teller und stellte ihn in die Mikrowelle. »Ist auch noch ein bisschen früh für Mittagessen«, kommentierte sie, als sie die kleine Tür schloss, »aber ich brauch jetzt unbedingt 'ne Portion Fett.«

Obwohl sie sich überwiegend von Frischem aus ihrem eigenen Laden ernährte, hatte sie mangels sportlicher Betätigung den Kampf gegen den ab vierzig einsetzenden Umbau des weiblichen Körpers mit dem Tag ihres fünfzigsten Geburtstages aufgegeben. Und wenn man ihr mit dem dummen Spruch kam, eine Frau müsse sich ab einem gewissen Alter entscheiden, ob sie Kuh sein will oder Ziege, hielt sie sich den Teller mit der Schwarzwälder Kirschtorte noch entschlossener vor den üppigen Busen und sagte: »Die kluge Frau spannt nach.« Und dann lachte sie auf eine so herzerfrischende Weise vier Grübchen in ihre Pausbacken, dass man am liebsten sein Portemonnaie auf den Verkaufstisch gelegt und gesagt hätte: »Hier ist Geld. Machen Sie mir den Korb voll!« Nicht wenige Kunden taten das übrigens auch. In der festen Überzeugung: »Frau Jasmin ist ein guter Mensch. Die bescheißt dich nicht.« Gab es irgendwo Kamillentee zu kochen, Umzugskartons zu füllen oder Kaffee für den guten Zweck auszuschenken, war sie die Erste, die man anrief. Dabei hatte sie weder ein Helfersyndrom, noch konnte sie schlecht nein sagen. Wenn Sie mich fragen, war sie sogar ziemlich gut darin, sich zu verweigern. Die Wahrheit ist: Die meisten Dinge machten ihr einfach nicht viel aus. Was getan werden musste, erledigte sie am liebsten sofort, dann musste sie ihren Kopf nicht länger damit belasten. Und solange es ihre Zeit erlaubte, half sie, wo sie konnte. Das Einzige, das sie nicht gern machte, war Kochen. Sicher, sie war in der Lage, aus nahezu allem, was man ihr vor die Nase stellte, mit Hilfe von Suppengrün, gedünsteten Zwiebeln und einem ordentlichen Schuss Sahne eine brauchbare Mahlzeit zu machen. Allerdings weigerte sie sich, für das Verarbeiten von Nahrungsmitteln mehr Zeit als nötig zu verwenden. Nicht weil sie es generell ablehnte, eine handwerkliche Fertigkeit zur Perfektion zu treiben, sondern weil ihr schlicht der Ehrgeiz fehlte, in irgendetwas besser zu sein als andere.

Die Treffen bei Richard von Stelten waren ursprünglich als Schlemmerzirkel geplant gewesen. Jeden Monat sollte ein anderer die Gruppe bei sich zu Hause auf das Allerfeinste bekochen. Das war kein gemeinschaftlicher Beschluss gewesen. Der Graf hatte es so bestimmt. Eines

Tages war er morgens aufgewacht, so jedenfalls berichtete er das zwei Stunden später aufgeregt im Laden, beseelt von der Idee, einen monatlichen Gourmetsalon zu gründen, und keinen halben Tag später war die Sache abgemacht.

Der alte Partylöwe war nämlich ein begnadeter Überredungskünstler und sein Erfolgsgeheimnis so einfach wie effizient: Er schummelte. Jedem Einzelnen seiner Freunde erzählte er: »Die Sache ist schon beschlossen, alle sind Feuer und Flamme, nächsten Samstag um sechs bei mir, keine Widerrede.« Das fanden die anderen aber erst beim fünften Treffen heraus, und da waren sie bereits angesteckt von seiner kindlichen Freude an der »Soiree«, wie er sie nannte. Er verwandte so viel Mühe und Eifer auf sein neues Projekt, dass die vier Freunde es nun ihrerseits für kindisch gehalten hätten, sich wegen der anfänglichen Notlüge zu beschweren. So trafen sich Wolfgang Fischer, Marianne Berg und Frau Jasmin, die sich schon seit der Schulzeit kannten, immer am ersten Samstag im Monat mit von Stelten und dessen Freund Ewald. Von Stelten war ein ausgezeichneter Gastgeber: gutgelaunt, herzlich, entspannt, großzügig und auf jeden Sonderwunsch seiner Freunde vorbereitet. Das Dumme war nur, dass Frau Jasmin ungern, Ewald schlecht und Herr Fischer gar nicht kochte. Und seit Marianne Berg einmal so betrunken gewesen war, dass sie den Pizza-Dienst gerufen hatte, traf man sich seit nunmehr über einem Jahr nur noch beim Grafen. So weit, so kuschelig. Aber nun hatte der Graf im Alleingang beschlossen, ein neues Mitglied in der eingeschworenen Gemeinschaft zu begrüßen. Bei Frau Jasmin war von Begrüßen jedoch keine Rede.

»Wie stellt er sich das eigentlich vor?«, fragte sie rhetorisch in Sebastians Richtung, während sie sich die lauwarme Fertiglasagne in den Mund schaufelte. Sie wusste, dass sie von ihm keine Antwort zu erwarten hatte. Aber es tat gut, sich hin und wieder bei jemandem auszusprechen. »Man kann Menschen doch nicht einfach ersetzen wie einen kaputten Stuhl«, fuhr sie fort. »Das Spargelmädchen findet es bestimmt ganz toll in unserer Runde. Die geht nicht wieder freiwillig. Wen will er denn für sie rausschmeißen?« Sie wippte mit dem Oberkörper auf ihrem Stuhl vor und zurück, eine Angewohnheit aus Kindertagen. Sebastian zog eine zweite leere Kiste heran, drehte sie um und legte seine Füße darauf. Als wertete sie das als Einwand, gab sie zu: »Ich weiß, es ist genug Platz am Tisch. Man muss deswegen niemanden rausschmeißen.« Sie wippte etwas langsamer. »Ich habe einfach kein gutes Gefühl dabei. Marianne hat sich in letzter Zeit ganz weit an den Rand manövriert. Die sucht doch seit Monaten nach einem Grund, nicht mehr kommen zu müssen.« Sie legte die Gabel weg und sah besorgt auf ihren halb leergegessenen Teller. »Ich möchte einfach nicht, dass sie das auch noch aufgibt, verstehst du?« Ohne eine Antwort abzuwarten, stand sie auf und sagte: »Kannst du nachher bei ihr vorbeifahren? Ich muss jetzt los. Falls ich bis eins nicht zurück bin, schließ bitte alles ab.«

Sebastian nickte.

Frau Jasmin räumte ihren Teller weg und ging hinüber in den Verkaufsraum, um einen bunten Obstkorb für Marianne Berg fertig zu machen. Aus Sorge darüber, ob ihre Freundin genügend Vitamine zu sich nahm, hatte sie beschlossen, ihr künftig hin und wieder eine Ladung Gesundes unterzujubeln. Nachdem sie ein paar Bananen, Nektarinen, Kiwis und Äpfel ausgesucht hatte, klemmte sie noch eine Selleriestange, die von dekorativen Blättern gekrönt war, dazwischen. Das hatte sie im Blumensteckkurs gelernt: Ein Ensemble sollte immer zwei Ebenen haben. Dann schnappte sie sich den Autoschlüssel vom Haken im Lager, rief, ohne sich umzudrehen: »Ich möchte, dass du den Korb diesmal persönlich übergibst!«, und verließ das Geschäft. Dass Frau Jasmin Sebastian während der Öffnungszeiten allein ließ, war sehr ungewöhnlich und wäre nie und nimmer vorgekommen, hätte sie am Morgen nicht diesen merkwürdigen Anruf bekommen.

Viele wunderten sich sowieso, dass Frau Jasmin Sebastian in ihrer Nähe duldete, denn es gab nichts an ihr oder in ihrem Laden, das nicht harmonisch, frisch und gepflegt aussah. Wenn Sebastian den Verkaufsraum betrat, war es, als ob in dem Moment, da er die Tür öffnete, ein Riss in der bunten Sonntagsdecke entstand, und darunter kam ein alter, morscher Holztisch zum Vorschein. Er war von hagerer Gestalt, fast ausgezehrt, und hatte ein braunledernes, stets ausdruckslos blickendes Gesicht, das ihn irritierend alterslos aussehen ließ. Er hätte Ende vierzig und sich gut gehalten haben, aber genauso gut Mitte dreißig und früh gealtert sein können. So frei von Bewusstsein über sich selbst, wie er schien, konnte man sich gut vorstellen, dass er selbst keine Ahnung hatte, wie alt er war. Mit seinem eingefallenen, faltigen Gesicht und dem verbrannten Teint wirkte er wie ein altgewordener Kiffer, der sich eines vergessenen Sommertages in den Achtzigern auf Gomera an den Nacktbadestrand gelegt hatte und erst zwanzig Jahre später wieder aufgestanden war. Man stellte sich vor, dass vom langen Liegen die Wangen zu diesen tiefen Höhlen eingesunken waren und sich durch den Druck der Sonnenbrille die unfassbar großen halbkreisigen Tränensäcke unter den Augen gebildet haben mussten.

Tatsächlich lebte Bastl, wie Frau Jasmin ihn getauft hatte, sehr gesund. Er nahm keine Drogen, rauchte nicht und war Vegetarier. Seine einzige Leidenschaft war ein Glas Whisky, das er sich bei seinem täglichen Besuch im Bistro, zwei Straßen von Frau Jasmins Laden entfernt, gönnte. Jeden Abend, pünktlich wie die Tagesschau, kreuzte er dort auf, schwang sich erstaunlich elegant auf den Barhocker und bestellte Glenfiddich, den teuersten auf der Karte. Schweigend saß er an der

Theke, und genau nach der Hälfte seines Drinks verschwand er für zehn Minuten aufs Klo.

Nach einer Weile hatten die Leute aufgehört, hinter seinem Rücken zu tuscheln. Über seine Dreadlocks, die ihm über die unterernährten Hüften bis auf den Barhockerrand hingen, seine Tränensäcke, die fast handtellergroß rechts und links über seine scharfkantigen Wangenknochen hinausragten und die seinem Gesicht in Kontrast zu seiner ewigen Urlaubsbräune etwas Totenschädelhaftes verliehen.

Man fand sich ab mit dieser merkwürdigen Gestalt, an der die grundsolide und freundliche Geschäftsfrau anscheinend einen Narren gefressen hatte. Dennoch tat Frau Jasmin gut daran, ihn nie im Verkaufsraum zu beschäftigen. Die Kunden, die mit der Obsthändlerin ihres Vertrauens zwischen Bananen und Kiwis über ihre Enkel, die neueste Leserbriefschlacht in der Provinzpostille oder auch nur übers Wetter plauderten, gerieten ins Stocken, wenn der stumme Langhaarige den Raum betrat. Gott sei Dank kam das nicht oft vor. In diesen filzigen, einst dunkelblonden, von Fett und Staub patinierten und über einen Meter langen Haarwürsten konnte alles Mögliche hausen. Ekel stieg in manch einer ordentlichen Hausfrau auf, ablesbar am abrupt verstummenden, fest zusammengekniffenen Mund. Er roch nicht und er war nicht dreckig, aber seine räudige Erscheinung wollte man einfach nicht in der Nähe von etwas haben, das man sich anschließend in den Mund steckte.

Sebastian arbeitete daher ausschließlich im Lager, wo er Kisten stapelte, fegte und den Lieferwagen, mit dem die Chefin jeden Morgen um fünf zum Großmarkt fuhr, entlud. Die Kunden taten so, als existiere er nicht.

Eins hat mich in meiner kurzen Zeit in Maulheim erstaunt: So gern und ausgiebig sich die Leute gemeinhin das Maul zerrissen, über Gestalten wie zum Beispiel die Frau des Metzgers, die, seit vor zwanzig Jahren ihr Mann gestorben war, jeden Sonntag im selben schwarzen Kleid zur Kirche ging, oder über den stadtbekannten Geizhals, der im Supermarkt jede Dose, die er aus dem Regal kramte, dreimal drehte und sie schließlich zurückstellte, auf der Suche nach einer noch billigeren, so gab es eben auch Dinge, über die man kein Wort verlor.

Es war allgemein bekannt, dass Sebastian im Schwimmbad wohnte. Als er Ende Mai das erste Mal vom Waldrand aus über den zwei Meter hohen Maschendrahtzaun gestiegen war, hatte ihn Prinz, der Schäferhund von Herrn Fischer, sofort gestellt. Prinz war ein gutausgebildeter Wachhund, der, sobald sein Herrchen das große Scherengitter vor dem Kassenhäuschen abschloss, frei auf dem Gelände lief. Hausmeister Fischer hatte ihn darauf trainiert, nächtliche Eindringlinge so lange in Schach zu halten, bis er selbst zur Stelle war, um die meist jugendlichen Unfugtreiber streng, doch nicht ohne onkelhaftes Augenzwinkern zur Verantwortung zu ziehen. Prinz gab nie einen Laut von sich, wenn er auf seinen Kontrollgängen entspannt am Zaun entlangtänzelte. Es war überhaupt kein Problem, ins Schwimmbad einzudringen. Ein ungebetener Besucher konnte auf den Zaun klettern und ungehindert auf der anderen Seite hinunterspringen. Doch ab hier gab es keinen Weg mehr zurück. Keiner kam an Prinz vorbei, wenn er wieder hinauswollte.

An jenem Abend hatte der Schäfer geduldig abgewartet, bis Sebastian seinem Schlafsack mit der daran geknoteten Isomatte hinterhergehopst war. Dann spurtete er los, postierte sich mit dem Zaun im Rücken und verbellte ihn so lange, bis der Hausmeister über die Wiese herbeigeeilt war. Mit einem verhalten, aber routiniert gesprochenen »Aus« brachte er den Hund zum Verstummen. Fischer war überrascht, als er mit der Taschenlampe in die leeren, dunklen Augen leuchtete, die ihm über diese fulminanten Tränensäcke hinweg wie aus einer anderen Welt entgegenblickten. Er fragte: »Was willst du hier?« »Ich suche Arbeit«, kam es ohne Umschweife zurück. Und obwohl es grotesk war, um diese Uhrzeit, an diesem Ort einen Job zu suchen, schien durch diese einfache Aussage so viel Ehrliches und Wehrloses hindurch, dass Wolfgang Fischer Vertrauen zu dem fremden Wesen fasste und sagte: »Du kannst hier übernachten. Aber morgen früh um sieben bist du verschwunden.« Er rief Prinz zu sich und ging zurück Richtung Hauptgebäude. Sollte sich der Hippie ruhig ins Gras legen. Außer dass er vielleicht ins Becken pinkelte, konnte er keinen großen Schaden anrichten.

Am nächsten Morgen bemerkte Fischer erstaunt, dass die Wiese nicht wie sonst um diese Uhrzeit von leeren Eisbechern, vergessenen Badehosen und ketchupverklebten Pommestüten übersät war. Sebastian hatte, bevor er um Punkt sieben über den Zaun wieder Richtung Wald verschwunden war, den Müll eingesammelt und ein paar Handtücher, aufblasbare Badetiere und andere Fundstücke fein säuberlich auf die kleine Steinstufe vor der hölzernen Tür zum Rot-Kreuz-Raum gestapelt.

Am nächsten Abend war er wieder am Zaun aufgetaucht, wo er diesmal von Prinz schon schwanzwedelnd erwartet wurde. Fischer besorgte ihm schließlich den Job bei seiner guten Freundin Sieglinde. Seit ihr Mann vor zwei Jahren gestorben war, führte sie den Obst- und Gemüseladen am Rande der Stadt allein und konnte eine helfende Hand gut gebrauchen. Da sie viel erzählte und Sebastian gern zuhörte, kamen die beiden wunderbar miteinander aus.

Wolfgang Fischer war nie mehr in der Nähe, wenn Sebastian Abend für Abend um dieselbe Uhrzeit über den Zaun stieg, um sich mitten auf dem Rasen unter die Sterne zu legen, aber manchmal ertappte er sich dabei, sich an dessen Stelle zu wünschen. Allein unter der Weite des funkelnden Himmelszelts zu liegen statt neben einer Frau, die einem wie eine Fremde vorkam, musste befreiend und wunderbar friedlich sein. In kühlen, regnerischen Nächten allerdings hätte er sein weiches Federbett um keine Romantik der Welt gegen

Isomatte und Schlafsack auf dem Boden der Herren-Sammel-Umkleidekabine getauscht. Da bin ich mir sicher.

Die meisten Stammbadegäste wussten von dem heimlichen Untermieter, den außer zwei, drei frühmorgendlichen Hundegassiführern auf dem angrenzenden Waldweg kaum einer je gesehen hatte und den sie mittlerweile hinter vorgehaltener Hand »das Phantom« nannten. Da er nie irgendwelchen Schmutz hinterließ und offenbar unter dem Schutz von Herrn Fischer und Frau Jasmin stand, wurde die Sache stillschweigend toleriert.

Freilich wurde viel spekuliert darüber, »aus welchem Loch« dieser langhaarige, wie der Geist des letzten Spontis wirkende Fremde gekrochen war. Ob er wirklich von auswärts war oder gar nicht so weit entfernt seine Wurzeln hatte, war nicht leicht auszumachen, da er kaum ein Wort redete und man also nicht bestimmen konnte, ob er Hochdeutsch, den hiesigen Dialekt oder mit ausländischem Akzent sprach. Einige behaupteten sogar zu wissen, dass er bei einem schrecklichen Gewaltverbrechen die Zunge verloren hätte. Es war von Russenmafia und Drogengeschäften die Rede. Wobei es in dieser Ecke der Gerüchteküche eine Fraktion Wohlgesinnter gab, die mit hochgezogenen Augenbrauen das Wort »Zeugenschutzprogramm« nuschelten.

Die meisten aber glaubten, Frau Jasmin habe Sebastian eines Morgens in der Nähe des eine Autostunde entfernten Großmarkts auf dem Straßenstrich aufgelesen, wo er, seit er mit siebzehn irgendwo in Norddeutschland von zu Hause weggelaufen sei, anschaffen ging. Er sei ein besonders süßer Jüngling mit langen blonden Haaren gewesen. Das könne man schließlich heute noch erkennen, wenn man sich die Tränensäcke wegdenke, und an dem schmalen, feingezeichneten Mund, der viel hatte schlucken müssen. In doppelter Hinsicht.

An dieser Stelle lachten die skandalverliebten Stammtischmäuler meist ein sehr tiefes, männlich höhnendes Satirikerlachen, das sagen sollte: »Ich bin nicht blöd und nicht verklemmt, aber Homos sind doch echt das Letzte«, froh, das schwermütige Thema um eine humorige Stufe erleichtert zu haben.

Irgendwann sei er schlicht zu alt geworden, darauf hatte man die Geschichte eingependelt, während man mit einem So-ist-das-Leben-Blick ins Bierglas nickte, verbraucht, kaputt und ohne Zukunft. Da habe Frau Jasmin ihn einfach mitgenommen, wie einen alten Straßenköter, dem man, aus Mitleid und weil man sich vor dem eigenen Altern flüchtete, den Lebensabend ein wenig leichter macht.

So weit die Legende.

In Wahrheit war Sebastian keine zwanzig Kilometer weiter in der Kreisstadt groß geworden, wo sein Vater ein angesehener Unternehmer gewesen war. Obwohl mutterlos aufgewachsen, fehlte es ihm an nichts, er war ein tadelloses Kind mit wachem Geist und guten Manieren. Er verbrachte viel Zeit mit dem Kopf zwischen zwei Buchdeckeln oder dem Kopfhörer voll Strawinsky. Und genauso intensiv steckte er sein Gesicht zwischen die Beine jedes Mädchens, das betrunken genug war, ihn ranzulassen. In der Schule oder bei Hausaufgaben sah man ihn nicht so oft. Dafür war er zu klug. Nach dem Abitur studierte er Volkswirtschaft und machte so lange und stetig Karriere an der Uni, bis der Tag kam, an dem sein Vater starb. Er ließ sich seinen Pflichtteil auszahlen, ein kleines Vermögen, und fing sofort an, es zu verbrauchen. Seine Dozentenstelle hatte ihn nie ausgefüllt. Für eine konsequente Karriere an der Uni fehlte ihm der Ehrgeiz, und die Forschung erschien ihm seit vielen Jahren wie eine endlose Liste von Texten, in denen andere Texte zitiert wurden, die keiner je las, außer jenen, die darin zitiert wurden, und die vom Verfasser nur geschrieben wurden, um selbst wiederum zitiert zu werden. Sebastian kündigte seine Stelle einen Tag nach dem Begräbnis seines Vaters und fuhr fort mit dem, was er als Teenie begonnen hatte: Er genoss das Leben und tat nur noch, was ihn wirklich interessierte.

Er beschäftigte sich mit Philosophie und den schönen Künsten, trank teuren Wein und aß in kleinen, feinen Restaurants. Er reiste durch Europa und nach Übersee, um sich in den bedeutenden Museen der Welt ganze Tage lang vor den größten Meisterwerken der Malerei zu verlieren. Er lernte Chinesisch, um Konfuzius im Original lesen zu können. Er häufte eine unüberschaubare Menge an sinnvollem und sinnlosem Wissen an, über das er sich mit niemandem austauschte. Sein Kontakt zu anderen Menschen beschränkte sich auf Sex. Darin war er allerdings maßlos. Er war kein versierter Charmeur, aber ein großzügiger Mensch. Er feierte rauschende Feste, an deren Ende immer ein, zwei Frauen an ihm hängenblieben. Er fand, ein Frauenkörper sei das schönste unter allen Kunstwerken, auch wenn er die fünfzig schon überschritten hatte, dick oder mager war. Die Frauen spürten, dass er sie nicht taxierte, sie fühlten sich in seiner Nähe begehrenswert, und sie mochten, wie er sich ihnen wehrlos hingab. Sebastians Leben war ein gutes Jahrzehnt lang ein Freudenfest, eine Reise zu den schönen Orten des Geistes, ein Genuss mit allen Sinnen, eine einzige Party.

Bis eines Tages das Geld ausging. Nach seiner Rückkehr aus Japan hatte er sich auf den Weg in die Heimat und schließlich nach Maulheim gemacht. Im Schwimmbad hatte er einen Unterschlupf gefunden, bei Frau Jasmin im Laden bekam er genug Lebensmittel und einen kleinen Lohn, von dem er sich als letzten Rest seines Luxuslebens den Whisky kaufte. Inzwischen hatte er sogar angefangen, in einem Beet hinter dem Laden kleine botanische Experimente mit Kumquats durchzuführen.

Aber Sebastian hatte nicht den weiten Weg nach Maulheim gemacht, um Mini-Orangen mit Brombeeren zu kreuzen. Das Ziel seiner Reise hatte er bislang nicht erreicht. Auch wenn es relativ dicht vor seiner Nase lag.

Wenn man es genau betrachtet, waren sie alle, von denen hier die Rede ist, auf dem Sprung: in ein neues Leben, in eine neue Liebe, in ein Abenteuer. Herr Fischer zum Beispiel, der, seit die meisten Kinder in Maulheim denken konnten, Haus- und Bademeister im Schwimmbad war, träumte davon, genauso wie Sebastian über den Zaun zu springen. Bloß in umgekehrter Richtung. Aber das erzählte er nur Frau Jasmin.

Trau, schau, wem

Er erwartete sie am Kassenhäuschen und hielt ihr die Tür auf, als sie aus ihrem knallblauen Lieferwagen stieg.

»Komm, wir drehen eine Runde«, schlug Wolfgang Fischer vor und blickte nervös über den Parkplatz.

»Musst du nicht im Schwimmbad sein?«, fragte Frau Jasmin, während sie das Auto von Hand abschloss. Eine neue Knopfbatterie für den Schlüssel musste sie auch endlich mal besorgen.

»Ich lass mich vertreten«, drängte Fischer, »komm schon!«

»Wolfi«, Frau Jasmin versuchte ihm in die Augen zu sehen, »jetzt beruhige dich doch. Wo ist sie denn jetzt?«

»In meinem Büro«, antwortete er leise, »aber ich will nicht hier auf dem Parkplatz darüber reden, lass uns ein Stück gehen.«

»Auch recht«, sagte sie bedächtig. »Sich regen bringt Segen.« Sie schob den Schlüssel vorn in die Hosentasche und schlug mit dem Bademeister den Weg rund ums Schwimmbad ein.

Auf der anderen Seite des Zaunes stand zwischen der abgewetzten Tischtennisplatte und den kniehohen Plastikfiguren auf dem großen Steinplattenschachbrett Yvonne Anzis und unterhielt sich mit einer ihr fremden Person. Als sie hinter dem Maschendraht Frau Jasmin mit Herrn Fischer den Waldweg entlanggehen sah, winkte sie, aber die beiden schienen sie nicht zu bemerken. Um ihnen hinterherzurufen, war ihr der Abstand zu groß, also ließ sie die Hand sinken und wandte sich wieder der kleinen Frau mit der weißumrandeten Sonnenbrille zu.

»Bekannte von Ihnen?«, fragte diese.

»Das ist Frau Jasmin, die den Obst- und Gemüseladen am Waldrand hat«, antwortete Yvonne und sah den beiden über die baumbestandene Wiese hinterher. »Und der Mann bei ihr ist hier Bademeister.«

»Ungewöhnlich.«

»Ja, normalerweise sitzt er immer in seinem Hochstuhl«, sagte sie abwesend.

»Nein, ich meine, merkwürdiger Ort für einen Obstladen. So abgelegen.«

»Ach so«, Yvonne ließ den Bademeister aus den Augen und konzentrierte sich wieder auf ihr Gegenüber. »Frau Klammroth hat mir erzählt, das war früher mal ein Café, so eine Art Ausflugslokal. Und der Mann von Frau Jasmin hat es gekauft. Der war mal ein ganz hohes Tier in einer Bank, ich glaube, Aufsichtsrat. Der ist dann mit Anfang sechzig ausgestiegen und hat sich seinen Traum verwirklicht: ein Café mit frischen Produkten aus dem hauseigenen Bio-Laden. Aber dann ist er gestorben. Herzinfarkt. Einen Monat nach der Hochzeit.«

»Ja. Obst bringt einen um.« In der weißen Sonnenbrille spiegelte sich das Dreimeterbrett.

»Wie bitte?«

»Ach nichts, erzählen Sie mir mehr von Frau Jasmin.« Yvonne stutzte.

»Sie erinnert mich an meine Mutter«, sagte die andere betroffen und schob sich mit gesenktem Kopf die weiße Sonnenbrille etwas weiter nach oben, woraufhin das Dreimeterbrett einer hübschen Ansammlung von Schäfchenwolken Platz machte.

Da Yvonne nichts darauf erwiderte, wechselte die Fremde das Thema:

»Wer ist Frau Klammroth?«

Yvonne hängte ihren nassen Badeanzug, den sie bis dahin in der Hand gehalten hatte, über den Pferdekopf eines schwarzen Springers. »Frau Klammroth schwimmt hier auch, aber früher. Sie kommt meistens so um halb neun. Also, wenn Sie wirklich hierherziehen wollen, kann ich Sie gerne mal miteinander bekannt machen. Sie kennt hier Gott und die Welt, vielleicht weiß sie ja eine Wohnung.«

»Na ja, erst mal ist das nur so eine wilde Idee«, sagte die Bebrillte und kippelte den weißen König hin und her. »In meinem Alter wechselt man nicht mehr so leichtfertig den Wohnort.« Obwohl sie erst Anfang vierzig war, was man ihr übrigens kaum ansah, und vielleicht hätte sie das von ihrem jungen Gegenüber gerne bestätigt bekommen.

»Wissen Sie«, unterbrach Yvonne, »ich komme ja aus der Großstadt, aber ich muss ehrlich sagen: Ich wohne hier seit April, und ich hab es noch keine Sekunde bereut.« Sie geriet ins Schwärmen: »Das ist einfach ein ganz anderes Tempo hier, und die Menschen sind so freundlich. Durch die Straßen laufen, abends im Biergarten sitzen, einkaufen, alles ist hier viel entspannter. Nehmen Sie nur den Laden von Frau Jasmin. Also für mich ist das die reinste Oase. Die Formen, die Farben, die Düfte …«

»Das Pflanzengift«, ergänzte die andere.

Yvonne lachte, weil sie die letzte Bemerkung für Sarkasmus hielt.

»Also, ich denke oft: Wenn alles im Leben so einfach wäre wie Obst und Gemüse einkaufen, dann wär die Welt ein schönerer Ort.«

Zwei kleine Jungs, die mit geknoteten Handtuch-Enden nach einander schlugen, flitzten vorbei.

»Sie haben wohl einen sehr anstrengenden Job?«

»Oh, ja« seufzte Yvonne. »Ich meine, ich muss keine Säcke schleppen, aber wenn man selbständig ist, hat man eben nie Feierabend. Was machen Sie denn von Beruf?«

Die Frau lächelte verlegen und rückte sich die Sonnenbrille zurecht.

»Ach, wie unhöflich von mir«, sprudelte Yvonne weiter und streckte ihr die Hand entgegen, »nennen Sie mich Yvonne, das machen alle hier.« Sie lachte, wie über einen gelungenen Witz.

Die Fremde reichte ihr behutsam die Rechte und sagte: »Ich bin Kunsthändlerin.«

»Malerei?«, fragte Yvonne aufgeregt.

»Eher alte Sachen.«

»Ach, Sie handeln mit Antiquitäten? Das finde ich ja spannend. Ich hatte mal einen Freund, der hatte ein Antik-Geschäft. Mit dem bin ich öfter mal über die Dörfer gefahren. Sie glauben ja gar nicht, was sich in so mancher Scheune für Schätze verbergen.«

»Tatsächlich?«

»Ja!«, begeisterte sich Yvonne, aber dann besann sie sich und lachte. »Ach, jetzt wollen Sie mich verkohlen. Sie sind doch auch beruflich unterwegs, nicht wahr?«

Ihr Gegenüber lächelte bedeutungsvoll und drehte ihr Gesicht nach links, wo weiter hinten im Nichtschwimmerbecken gerade der große Wasserpilz anging.

»Und? Haben Sie schon was gefunden in Maulheim?«, fragte Yvonne neugierig.

»Immerhin habe ich schon eine nette Bekanntschaft gemacht«, antwortete die Zierliche und streckte ihre Hand zur Verabschiedung aus. »Vielleicht sieht man sich mal wieder.«

»Bestimmt«, Yvonne griff beherzt nach der Hand und schüttelte sie kräftig, »in Maulheim kann man sich sowieso nicht verstecken.«

Die Frau schlenderte in ihrem bunten Tuch, das sie sich wie eine Afrikanerin um den Leib geschlungen hatte, in Richtung der breiten Treppe, die hoch zum Ausgang führte. Yvonne schlug die entgegengesetzte Richtung ein. Den Badeanzug in der Hand und mit nackten Füßen ging sie durch den schattigen Gang zwischen den dunklen hölzernen Umkleidekabinen über die kühlen, glatten Steinplatten.

Und plötzlich rannte sie los: kleine, plumpe Rennschrittchen, vorbei an morschen braunen Holzwänden unter der hohen Balkenkonstruktion mit dem riesigen Wellblechdach. Die nackten Füße patschten auf den Boden wie glitschige Forellen, die jemand auf eine kalte Marmortheke klatschte. Von weitem sah es grotesk aus: eine große blonde Frau, die mit kurzen Kinderschrittchen durch den seit Jahrzehnten nicht mehr renovierten Umkleidebereich eines Provinzschwimmbads wetzte. Als wollte sie durch einen Zeittunnel zwischen Sammelumkleide und den steinernen Becken zum Auswaschen der Badeanzüge direkt zurück in ihre Kindheit rennen. Den ganzen langen Winter vom Freibad geträumt, auf dem Klo gesessen, die wollenen Strumpfhosen weiter heruntergeschoben als nötig, bis über die Knie, so dass die nackten Unterschenkel sich berührten und man sich vorstellen konnte, man trage einen leichten Sommerrock. Der kleine, kugelrunde Kopf schließt die Augen und ruft sich als Erstes die Geräusche in Erinnerung: das Glucksen, das schrille Gilfen, das vielstimmige gnadschige Geschnatter. Wie ein Flugentenschwarm bei der Rast am Wasserloch. Das ist ein gleichmäßig wabernder Klang, mit unregelmäßigen Spitzen wie dem Rufen von einzelnen Vornamen oder dem Rauschen der Duschen am Beckenrand. Schlagartig strömt das aus wie Dampf unter Druck, und dann erstirbt es genauso abrupt. Und man sitzt immer noch auf dem Klo, dem dunklen, im Innern einer 70er-Jahre Sozialbauwohnung, ohne Fenster, nur mit einem schmalen Abzugsschacht in der Wand, in dessen vergilbtem Plastikgitter schwarze Staubflusen wehen. Aber hinter geschlossenen Augen sieht man eine wunderbare hellblaue Wasserfläche wie flüssiges Kristall. Kühl glitzernd an einem heißen Tag. Ein weiter, blaugelber Tag, der irgendwann in den großen Ferien angefangen hat und einen ganzen Sommer lang dauert. Er riecht nach Chlor und Tiroler Nussöl. Und wenn man so richtig schön drin ist und lange genug sitzt, der Klodeckel hat schon einen roten Ring um den Kinderhintern gedrückt, dann hört man es – heute noch kann ich es, wenn es ganz ruhig um mich ist, direkt an mein Ohr winken: mein Lieblingswassergeräusch: ein sattes, ganz kurz nachhallendes »Plumppps«, das ertönt, wenn man mit weit hochgezogenen Knien durch das Wasser im Kinderbecken stakst. Die ganze Fußsohle stampft auf die Wasseroberfläche und nimmt beim Eintauchen das Geräusch mit nach unten, bis auf den Grund. Ein Gong unter Wasser, dem man folgen möchte, um ihn ganz zu hören. Denn unter Wasser sind

Geräusche nicht gedämpft. Im Gegenteil. Wenn man untertaucht, gurgelt und blubbert und rauscht es rund um einen herum, und der Körper ist furchtbar eng eingehüllt vom Klang. Dann kommt man langsam hoch und sieht nach oben ins Licht, wo der silberne Wasserspiegel wackelt. Und kaum hat man ihn passiert, sind alle Geräusche auf einmal weit weg und weich. Das Kinderlachen, Vogelgezwitscher und die entfernten Stadtgeräusche: alles schwebt in der Luft. Unter Wasser kleben die Töne an einem wie ein nasses Kleid, wenn man in den Regen gekommen ist. Es drückt sich auf die Haut, wie das Leben, wenn einem die Welt zu nahe kommt. Vielleicht ist Sterben so wie Auftauchen aus dem Wasser. Endlich wieder Luft zum Atmen.

Haben Sie's gemerkt? Ich habe mich etwas mitreißen lassen. Yvonne hat bestimmt nicht an so etwas gedacht, als sie wie eine Zehnjährige über die Steinplatten sauste. Aber Yvonne kann Ihnen nicht diese Geschichte erzählen. Das kann nur ich. Und ich nehme mir die künstlerische Freiheit auszuwählen, welche Aspekte ich betone und welche nur Ihre Aufmerksamkeit fürs Wesentliche rauben.

Und etwas Wesentliches geschah an diesem Vormittag nicht mehr im Schwimmbad. Interessant wurde es erst wieder am frühen Nachmittag, als Sebastian zum ersten Mal auf Marianne Berg traf. Er hatte den Laden punkt ein Uhr abgeschlossen und sich mit dem von Frau Jasmin bereitgestellten Obstkorb auf den Weg gemacht. Um kurz vor halb zwei stand er dort, wo er eine Woche zuvor die erste Obstlieferung abgesetzt hatte: vor der verwitterten dunkelgrünen Holztür eines kleinen, freistehenden Häuschens, das genau wie seine Besitzerin schon mal bessere Zeiten gesehen hatte. Sebastian drückte auf den vergilbten Plastikknopf neben dem handgeschriebenen Namensschild »Berg«.

Marianne öffnete die Tür mit einer Zigarette im Mund, die sie sich offenbar gerade hatte anstecken wollen, als es klingelte. »Kommen Sie rein«, sagte sie, so deutlich das mit der eingeklemmten Fluppe ging. »Sieglinde hat schon Bescheid gesagt, dass Sie kommen.«

Sebastian trug den Korb durch den kurzen Flur, der rechts in die Küche mündete, und stellte ihn auf die Arbeitsfläche am Fenster. Marianne kam hinterher und versuchte im Gehen, ein Streichholz anzuzünden, verfehlte die kleine Pappschachtel aber um ein Weniges.

»Kommen Sie jetzt jede Woche?«, fragte sie spöttisch, den Blick auf die Streichholzschachtel geheftet.

Sebastian lächelte in den Korb.

Marianne balancierte die Zigarette im Mund, während sie sprach: »Sieglinde. Will immer über alle bestimmen. Jetzt glaubt sie, sie kann meine Leber mit Kiwis schrumpfen.« Das dünne Holzstäbchen machte eine Bruchlandung auf der Schachtel. »Alkoholikerin, pfhh, was für ein hässliches Wort«, sie wischte es mit einer fahrigen Handbewegung beiseite, »ich bin Spiegeltrinkerin. Ich genieße mein Leben.«

Achtlos warf sie das geknickte Hölzchen in die Spüle und fingerte ein neues heraus.

»Ich seh absolut keinen Sinn darin, mir etwas zu versagen.« Sie zog verächtlich die Mundwinkel nach unten, wedelte zitierend mit der Hand durch die Luft und ahmte eine affektierte Stimme nach: »›Wer morgens schon trinkt ist Alkoholiker.‹ Was soll das denn heißen? Kann mir das mal jemand erklären? Was gibt es Schöneres als einen sonnigen Sonntagmorgen unter schattigen Linden mit einem frisch gezapften, kühlen Hefeweizen?«

Sebastian wusste es nicht.

»Bier schmeckt am besten vor zwölf«, belehrte sie ihn, »lassen Sie sich das von einer geübten Trinkerin sagen.«

Das zweite Streichholz rutschte auf der Schachtel ab.

»Das regt den Appetit an. Dazu passt am besten Schweinsbraten. Schön mit Knödeln und Soße. Anschließend legt man sich erst mal 'n Stündchen hin. Das ist wichtig!«, sie hob den Zeigefinger. »Die meisten Leute haben überhaupt keine Trinkkultur. Ich rede gar nicht von der Jugend, die säuft sowieso ohne Sinn und Verstand, ich meine erwachsene Menschen, die nicht verstehen, dass Trinken eine Kunst ist. Vor allem Frauen. Frauen sind die Schlimmsten. Dabei gibt es ein paar ganz einfache Regeln: Bierchen zum Frühschoppen, Cognäcchen am Nachmittag, zum Kaffee. Von

Sekt lässt man die Finger. Das ist was für Amateure, Leute, die sich für Bohemiens halten, wenn sie zum Müsli- und Käse-Brunch 'ne Flasche Blubberwasser schlürfen. Wieso trinken Leute, die keinen Alkohol vertragen, immer so'n Müll? Kann mir das mal jemand erklären?« Das Streichholz landete endlich auf der Reibefläche, sie legte die Flamme an und nuschelte mit Zigarette im Mund: »Wenn's schon unbedingt sein muss, stößt man mit Champagner an. Weihnachten oder zur bestandenen Uterusentfernung oder so.«

Sie inhalierte und pustete den grauen Rauch wieder aus. »Abends bevorzuge ich Rotwein. Am liebsten schwere Cabernets. Von Stelten kredenzt gern leichte Lemberger. Ich lehne das ab. Genauso wie Schnaps. Das ist was für Prolls und eingebildete Akademiker, die sich von ihrem persönlichen Bio-Winzer selbstgebrannte Traubenabfälle aufschwatzen lassen.« Sie zog an der Zigarette.

»Gut. Bei besonderen Anlässen: mal einen Rama. Auf Eis.« Sie fischte einen Apfel aus dem Korb und legte ihn ohne hinzusehen neben sich auf die Arbeitsfläche. »Ein Geburtstag kann ein besonderer Anlass sein. Oder dass es Samstagabend ist«, sie lachte ein heiseres Lachen, das mehr nach Husten klang, und hielt sich die Hand mit der Zigarette vor den Mund.

Mit der Linken stützte sie sich neben dem Korb ab und sah Sebastian zum ersten Mal direkt in die Augen. Ein, zwei Sekunden, gerade so lange, wie sie entspannt geradeaus gucken konnte, entstand ein Kontakt zwischen ihnen, und es war, als ob sie sich an ihm spiegelte, als sie mit den Schultern zuckte und sagte: »Ich bin entspannt.«

Dann legte sie gemächlich die brennende Zigarette auf dem Rand der Spüle ab, zog die Selleriestange aus dem Korb und kippte das Obst vorsichtig auf die Arbeitsfläche. »Schönen Gruß an Sieglinde«, sagte sie mit der Selleriestange in der Linken und reichte mit der Rechten Sebastian den leeren Korb.

Er nickte, nahm ihn und ging lautlos durch den Flur hinaus. »Viel Spaß mit der Bloody Mary«, murmelte er, als die Haustür hinter ihm ins Schloss fiel.

Sebastian fuhr zurück zum Laden und verbrachte den Rest des Nachmittages mit seinen Pflanzkübeln, für die er hinter dem Haus ein kastenförmiges, ein Meter hohes Gewächshaus gebaut hatte.

Dieses diente weniger der Warm- als der Geheimhaltung der Pflanze, die Sebastian aus schierer intellektueller Unterforderung dort zu kreieren gedachte. Er hatte bereits einige Hybridisierungsversuche angestellt und probierte jetzt verschiedene Veredelungstechniken aus, die man auch bei Obstbäumen anwendet. Sein Ziel war es, die Kumquats aus ihrem Schattendasein als Cocktailzusatz und Deko-Obst zu holen. Diese orangefarbenen, daumengroßen Früchte haben einen Vitamin-C-Anteil, von dem eine Orange nur träumen kann, schmecken aber, als würde man in flüssige saure Drops beißen. Sebastian stellte sich vor, dass man ihren Geschmack erheblich verbessern könnte, wenn man sie mit Brombeeren kreuzte.

Als es Zeit für seinen Glenfiddich war, ging er zu Fuß ins Bistro. Er bestellte seinen Whisky, nippte daran und genoss die zehn Minuten, die er nur mit sich und seinem Lieblingsgetränk verbrachte. Schließlich stand er auf und ging Richtung Toiletten. Die kleine, zierliche Frauengestalt erwartete ihn schon am Hinterausgang.
»Ist was passiert?«, fragte sie.
»Was soll denn passiert sein?«, gab er cool zurück.
»Weiß ich nicht. Bin ich derjenige, der sich unter falschem Namen bei einer Gemüsehändlerin eingeschlichen hat und nachts das halbe Schwimmbad umgräbt? Hab ich uns beide in dieses hinterwäldlerische Kaff geführt, aus dem wir womöglich noch mit Sensen und Fackeln vertrieben werden? Die Leute hier mögen dich nicht. Und sie sind zu allem fähig.«
Er sah ihr direkt in die Augen und fragte: »Haben wir heute wieder unseren Weltverschwörungstag?«
»Einige von denen halten dich für einen Stricher!«
»Na und?«
»Wann können wir endlich hier weg?« Sie wandte ihr Gesicht ab, in Richtung der beiden großen Müllcontainer.
»Wenn ich gefunden hab, wonach ich suche.«

»Und wenn sie gar nicht da ist, wo du glaubst?«

»Ich weiß, dass sie da ist.« Er lehnte sich an die efeubewachsene Hinterhofwand.

»Bist du sicher, dass dein Urteilsvermögen nicht beeinträchtigt ist?«

»Fängst du schon wieder an ...«

»Es ist erwiesen, dass der Eindruck von vielen Reizen auf Dauer schädlich fürs Gehirn ist. Jetzt überleg doch mal: die vielen unruhigen Farben, die unterschiedlichen Düfte, die ganzen Chemikalien, mit denen die Schalen behandelt werden. Selbst Äpfel werden gewachst! Weißt du, was da genau drin ist?«

»Nimm doch mal die alberne Sonnenbrille ab, es ist schattig.«

»Ich möchte nicht erkannt werden.«

»Aber dich kennt doch hier niemand!«

»Ganz genau. Und so soll es auch bleiben.« Sie rupfte ein großes, dunkelgrünes Blatt von der Mauer.

»Jetzt hör mir mal zu«, seine tiefe Stimme legte sich wie ein Pelz um ihre Brust. »Ich bleibe hier so lange, bis ich sicher sein kann. Was du machst, ist deine Sache.«

»Ich bleibe auch«, antwortete sie trotzig und warf das Blatt weg.

»Obwohl du hier keine Bleibe hast?«

»Bleibt mir eine Wahl?«

»Du kannst es auch bleiben lassen.«

Sie grinste. »Nein, es bleibt dabei.«

Er erwiderte nichts, sondern blickte ihr mit seinen

dunklen Augen direkt ins Gesicht und streckte die Hand aus. Sie schlug ein, und dann riefen sie beide gleichzeitig:

»Sieben!«

Das war ein Spiel, das sie in Luzern erfunden hatten. Wenn einer von beiden bemerkte, dass dasselbe Wort in zwei aufeinanderfolgenden Sätzen vorgekommen war, bauten sie es in jeden weiteren Satz ein und zählten mit. Wer zuerst nicht mehr weiterwusste, beendete den Dialog, und wer die falsche Zahl sagte, hatte verloren. Der Rekord lag bei neun.

Sie lachten beide, und sie sagte: »Erinnerst du dich noch an die ungarische Putzfrau in München, die morgens um sieben ans Hotelzimmer geklopft hat und fragte: ›Reisään odär bleibään?‹«

Er wusste es noch und rief noch einmal wie damals: »Ich bleiben! Du reisen!«

Die dunkelgrüne Metalltür flog auf, und der Mann vom Tresen trat heraus, mit einem vollen blauen Müllsack in der Hand. Sie drehte sich weg und verließ den Hinterhof, ohne sich zu verabschieden. Sebastian wartete, bis der Tresenmann den Müll in der Tonne verstaut hatte, und ging dann hinter ihm zurück zu seinem Whisky.

Aus einem Schweinsohr kann man keinen seidenen Geldbeutel machen

Dass Herr von Stelten schwul war, galt als ein jedem bekanntes Geheimnis. Oder sagen wir: Früher durfte man es nicht wissen, und heute wollte man es nicht mehr. Es wurden einem doch schon täglich via Fernsehen die schrägsten Vögel direkt ins Wohnzimmer gesetzt: Frauen, die sich für Männer hielten, Männer, die sich wie Frauen kleideten, und Frauen im männlichen Körper, die sich als lesbisch bezeichneten. Volksmusiker adoptierten Kinder in ihre Homo-Ehe, und junge Burschen, die wirklich passable Schwiegersöhne abgegeben hätten, schoben sich in braven Nachmittagsserien gegenseitig die Zungen in den Hals. Politiker, Komiker, Pfarrer erzählten einem Dinge, die man nie so genau hatte wissen wollen. Und, Hand aufs Herz: So etwas hatte es doch schon immer und auch in Maulheim gegeben, ohne dass man es je groß breitgetreten hätte. Was den Grafen anging, so war er eben der Graf. Er war *ihr* Graf. Ein Mann mit Anstand. Gentleman. Immer gutgekleidet. Im Sommer helle Anzüge und im Winter der dunkelblaue Kaschmirmantel. Die Hüte passend und die Manieren tadellos. Er war ein gebildeter Mann. Und adelig. Da gab es gar nichts.

Er wohnte allein in einer alten Villa, die einmal einem reichen Fabrikanten gehört hatte, zu einer Zeit, in der das Wort »Fabrikant« noch nicht altmodisch klang. In jener Zeit war die Villa das Modernste gewesen, was die kleine Stadt bis dahin gesehen hatte. Monatelang sprach man damals beim Frisör und im Edekageschäft von den hochwertigen Materialien, die auf riesigen Lastern hinter den mannshohen Bretterzaun geliefert wurden. Der »Millionenbau«, raunten die Leute ehrfürchtig und ärgerten sich, dass sie nicht durch den Zaun schmulen konnten.

Das Haus thronte nun ein halbes Jahrhundert auf der kleinen Anhöhe über dem Stadtpark und wurde, seit der letzte Hausherr bei einem Obstunfall ums Leben gekommen war, geschossweise vermietet. Von Enkeln, die weit weg in der Großstadt auf eine neue, moderne Weise ihr Geld vermehrten und auf ihre kleinstädtische Herkunft nicht mehr angesprochen werden wollten.

Nachdem Yvonne an diesem lauen Sommerabend den Hügel erklommen hatte und von Stelten die doppelflügelige weiße Eingangstür öffnete, war sie enttäuscht. Frau Klammroth hatte ihr so viel vom Luxus vorgeschwärmt, von den rauschenden Festen, die in den Sechzigern dort von der feinen Gesellschaft Maulheims gefeiert worden waren, dass sie erwartet hatte, eine Art Schloss zu betreten. Nun stand sie in einem langen, geraden Flur, der gar nichts gemein hatte mit der feudalen Eingangshalle, die während ihres Spaziergangs zu ihrer ersten »Soiree« in ihrer Phantasie entstanden war. Das funktionale Gebäude im Bauhausstil war offenbar nicht annähernd so kostspielig gewesen, wie Frau Klammroth glaubte. Bei einem später am Abend stattfindenden Rundgang fand sie in seinem Inneren kein Schwimmbad, keine Sauna. Nicht einmal ein offener Kamin war eingebaut worden. Herr von Stelten hatte ihr dann erklärt, dass der architektonische Schwerpunkt des Gebäudes auf Funktionalität und größtmöglicher Privatsphäre lag. Der Luxus dieses Baus bestand in seiner lichtdurchfluteten Größe. Das erfuhr sie in beeindruckender Weise, als sie, nachdem von Stelten ihr Gastgeschenk entgegengenommen hatte, das langgestreckte Wohnzimmer betrat. Die ganze Südseite war praktisch eine einzige Glasfront. Davor erstreckte sich eine federballfeldgroße Terrasse aus Granit, die von keiner Seite aus einsehbar war.

An einem runden Glastisch saßen dort Frau Jasmin, Wolfgang Fischer und überraschenderweise Marianne Berg, die sich doch aufgerafft hatte, ihr feuchtwarmes Alkoholnest zu verlassen, sei's, weil es ihr offiziell besserging oder weil Frau Jasmin sie angerufen hatte. Vordergründig, um sich zu erkundigen, ob das Obst angekommen sei. Aber gleich im zweiten Satz hatte Sieglinde über von Steltens »neuen Fan« berichtet. Dass ein weiteres Opfer seinem »Weißeschläfencharme« erlegen sei und er sich so gebauchpinselt fühle, dass er sie sofort zum Essen eingeladen habe. Marianne hatte mit einer Zigarette im Mundwinkel genuschelt: »Dafür gibt's einen Namen. Man nennt das ›altersbi‹.« Und als Sieglinde zurückfragte: »Was soll das heißen?«, hatte sie geantwortet: »Er nimmt, was er kriegen kann.« Nach dem Telefonat war sie ins Badezimmer geschlurft, hatte die Zigarette aus dem Mund auf dem Waschbeckenrand abgelegt und mit einem süffisanten Grinsen auf den Lippen »amüsant« in den Spiegel gehaucht. Dann zog sie den Kimono aus, nahm die qualmende Zigarette wieder auf und stieg damit in die Duschkabine, wo sie sie nach zwei tiefen, genussvollen Zügen und dem Entschluss, heute auszugehen, unter dem warmen Wasserstrahl auszischte.

Als von Stelten mit dem kleinen roten Geschenkpäckchen hinter Yvonne die Terrasse betrat, balancierte Marianne bereits ihren zweiten Martini-Cocktail in der abgewinkelten Hand. Angesichts der großen schlanken Blondine mit dem winzigen grünen Schmuckhütchen auf dem Pagenkopf verkündete sie launig: »Sie müssen das Spargelmädchen sein!«

»Nennen Sie mich Yvonne, das machen alle!«, antwortete diese prompt, war mit zwei Schritten am Glastisch und streckte mit einem entwaffnenden Lächeln ihre Rechte aus. Marianne stellte perplex den Martini ab und schüttelte die junge Hand.

»Darf ich vorstellen: Marianne Berg«, sagte von Stelten und deutete in die Runde. »Frau Jasmin kennen Sie ja schon …« Bevor er weitersprechen konnte, sprang Wolfgang Fischer von seinem Rattanmöbel auf, stellte sich mit Nachnamen vor und machte einen angedeuteten Diener.

»Dann sind wir ja jetzt komplett«, beendete von Stelten die Begrüßungsrunde. Er legte zufrieden die Hände ineinander.

»Tut mir leid, dass Sie auf mich warten mussten«, entschuldigte sich Yvonne, und Marianne, die sich wieder gefangen hatte, stichelte: »Der Herr Graf hat's nicht gerne, wenn man sich verspätet.«

»Der Herr Graf hat's auch nicht gern, wenn man frisch eingetroffene Gäste verschreckt«, konterte dieser und ging nach drinnen.

»Was für eine traumhafte Lage«, schwärmte Yvonne und ließ ihren Blick über die Stadt in der beginnenden Abenddämmerung schweifen. »Hier würde ich mir auch gerne ein Haus bauen.«

»Hier gibt's keine neuen Bauplätze«, sagte Wolfgang Fischer, »und die alten gehörten schon immer einer Handvoll reicher Familien. Da müssten Sie schon wen beerben.«

»Oder warten, bis was frei wird«, schaltete sich von Stelten ein, der nur rasch ein Glas Prosecco vor Yvonne abstellte und wieder Richtung Küche verschwand. Aus dem Wohnzimmer rief er: »Sie glauben gar nicht, wie viele von diesen schönen alten Villen leer stehen!«

»Tatsächlich?«, fragte Yvonne in die Runde und nippte am Sekt.

»Tja, die meisten Jungen bauen sich selbst ein Haus und ziehen weiter raus aufs Land«, bemerkte Frau Jasmin.

»Wieso?«

»Weil es da keine Dönerbuden und Schnäppchenläden gibt«, sagte Marianne, tief in ihren Sessel gelehnt. Als sie blinzelte, hüpfte ihr dunkelbrauner Pony. »Da gibt's gar nix. Nich mal 'ne Kneipe. Aber massenweise Parkplätze und viele, viele andere hypothekenbelastete kleine Vorgartenparadiese mit einer unglaublich raumgreifenden und unwahrscheinlich imposanten Doppelgarage.« Sie fingerte mit der freien Hand eine Zigarette aus der Schachtel. »Die braucht man nämlich unbedingt. Die ist das Wichtigste am ganzen Haus. Weil Mutti ihre eigene kleine Stadtschüssel hat. Als Kindertaxi. Und am Samstag fährt man zehn Kilometer hin und zurück ins Einkaufsghetto im Gewerbegebiet mit dem fetten schwarzmetalliclackierten Monstertruck mit Allradantrieb und Platz für sechs Kinder, von denen man sich allerdings höchstens zwei zumutet. Oder«, sie hob den Zeigefinger, »eins und 'n Jack-Russell-Terrier.« Mit einem Schluck kippte sie sich ihren Restmartini in den Hals und nuschelte: »Wieso kriegt man hier den Alkohol eigentlich glasweise zugeteilt? Wieso stellt er nicht einfach die Flasche auf'n Tisch, kann mir das mal jemand erklären?« Dann zog sie stumm an ihrer Zigarette.

Die anderen ignorierten ihre Bemerkung und setzten die Unterhaltung fort. Yvonne erfuhr, dass Familie Hubert, die das Obergeschoss bewohnt hatte, dieses Frühjahr ausgezogen war, weil Frau Hubert ihr zweites Kind erwartete. Von Stelten hatte einen Schlüssel zu der Wohnung, und wenn der kleine Jonas, für den er die letzten sechs Jahre so etwas wie ein Opa gewesen war, ihn besuchen kam, ging er mit ihm nach oben in sein altes Zimmer, um das Heimweh zu lindern.

»Also ich finde das toll, wenn sich so eine Hausgemeinschaft entwickelt«, lobte Yvonne. »In der Großstadt, wo ich herkomme, lebt jeder nur für sich in seiner Wohnschachtel. Ich hatte in meinem Mietshaus Nachbarn, die habe ich insgesamt nur zweimal gesehen: beim Einzug und beim Auszug.« Sie griff nach ihrem Sektglas und erhob es über die Glasplatte. »Ich finde es wahnsinnig nett von Ihnen allen, dass Sie mich so offen aufgenommen haben. Das bestärkt mich darin, dass es die richtige Entscheidung war, hierherzuziehen.«

Es verging eine gedehnte Sekunde, in der man nur Marianne den Rauch ausstoßen hörte, bis sich schließlich Fischer ein Herz fasste und sagte: »Also, trinken wir drauf!«

Nachdem alle ihr Glas wieder abgesetzt hatten, ging Frau Jasmin mit den Worten »Ich seh mal nach, ob ich Richard helfen kann« nach drinnen, und Marianne lehnte sich neugierig nach vorne: »Sagen Sie, Yvonne«, fragte sie langsam, »wo bekommt man eigentlich so interessante Hüte?«

Die beiden Frauen unterhielten sich über Yvonnes Lieblingsthema, die Großstadt, und Herr Fischer meinte: »Meine kleine Schwester ist vor drei Jahren nach Leipzig gezogen, und ich hab's noch nicht ein Mal geschafft, sie zu besuchen.«

Man unterhielt sich darüber, ob es so etwas wie Großstadtmenschen überhaupt gebe. Konnte man dafür geboren sein, in überfüllten Zügen Hintern an Hintern mit wildfremden Menschen vier Meter tief unter der Erde durch dunkle, enge Röhren zu rasen? War das Zusammenleben von so vielen Menschen auf so engem Raum nicht an sich unnatürlich?

»Schaut euch mal die vielen verkrüppelten Tauben dort an«, sagte Marianne, »wenn die Population zu groß wird, degenerieren sie. Das ist erwiesen. Und wieso gibt es eigentlich keine ›Kleinstadtmenschen‹? Kann mir das mal jemand erklären? Das muss man schließlich auch können. Wieso hört man nie jemanden sagen: Ich bin unfähig, in der Kleinstadt zu überleben. Es heißt immer nur: ›Ich brauche die Großstadt!‹ So als wäre das eine Auszeichnung, als wäre man eine seltene Pflanzenart, die nur mit Spezialkuhdung gedeiht.«

Herr Fischer sagte: »Wolltest du nach dem Abitur nicht nach Paris ziehen?«

Damit war man bei einem weiteren Lieblingsthema von Yvonne, zum Glück von Marianne, die Fischers Frage ignorierte und stattdessen ihre Nase noch tiefer ins Glas versenkte. Als sie feststellte, dass es immer noch leer war, fuhr sie Yvonne, die sich gerade über Kunst, Literatur und Lebensart der Franzosen ausließ, in die Parade mit den Worten: »Ich will Ihnen mal was sagen, Fräulein –«, wurde aber vom Grafen unterbrochen, der die Terrasse betrat und verkündete: »Die Vorspeise ist angerichtet!«

Frau Jasmin stand im Wohnzimmer an dem zur festlichen Tafel geschmückten Esstisch und bewahrte Haltung. In der Küche hatte sie erfahren, dass Ewald nach einem schon länger schwelenden Streit seine Sachen gepackt hatte und allein nach Thailand geflogen war. Von Stelten war deswegen sehr geknickt, und um zu übertünchen, wie sehr ihn das mitnahm, gab er heute Abend den Adeligen in Vollendung. Er rückte den Damen die Stühle zurecht, sagte drei Worte zum Gazpacho und versuchte an die Unterhaltung über Frankreich anzuknüpfen. Als Marianne nölte: »Wieso können wir nicht draußen sitzen bei dem schönen Wetter?«, antwortete er milde: »Weil du dann eine Zigarette an der anderen qualmst, und wir möchten alle, dass du uns noch eine Weile erhalten bleibst, meine Liebe.«

Beim Essen sprach man über Yvonnes Arbeit als Literaturübersetzerin und die bevorstehende Renovierung des Schwimmbades. Letzteres, um den Bademeister nicht völlig aus der Unterhaltung auszuschließen. Fischer fühlte sich sichtlich unwohl deswegen und wurde noch einsilbiger als gewöhnlich. Das Thema Schwimmbad wurde so plötzlich und absichtlich auf den Tisch geworfen – es war, als hätte man einen Scheinwerfer auf ihn und seinen Bildungsrückstand gerichtet. Er konnte nicht viel zum Thema Marcel Proust beitragen, auch wenn er im Stillen dachte, dass »Auf der Suche nach der verlorenen Zeit« gut als Überschrift für die letzten zwanzig Jahre seines Lebens gepasst hätte.

Von Stelten fiel dann ein, dass er Yvonnes Gastgeschenk noch nicht ausgepackt hatte. Und so sahen alle erwartungsvoll zu, wie der Graf zwischen Hauptgang und Dessert das rote Geschenkband löste.

»Aha«, sagte er enthusiastisch, aber ratlos, als er zwei flache hölzerne Rechtecke aus dem Karton hob, die aussahen wie sehr grob geschnitzte Kämme, »vielen Dank!« Er lächelte und legte die unförmigen geschlitzten Brettchen hinter sich auf die Anrichte.

Und dann, obwohl eben noch munter geplaudert worden war, erstarrte der Raum plötzlich in Stille. Keine nachgesetzten Bemerkungen, kein leiser werdendes Murmeln versickerte in den Parkettfugen. Das Gespräch hörte einfach auf, wie der Handlauf am Ende einer Treppe.

Von Stelten griff beherzt an die Armlehnen seines Stuhls und verkündete fröhlich: »Dann hol ich mal den Nachtisch!«

Als er draußen war, sagte Yvonne etwas verhalten in die Runde: »Das sind Salathände«, bekam darauf aber wenig Reaktion. »Die sind zum Durcheinandermachen, wie Salatbesteck«, erklärte sie.

»Schön«, sagte Frau Jasmin, und als von Stelten mit einem Tablett voller kleiner Schüsselchen zurückkam, drehte sie sich zu ihm und wiederholte: »Das sind Salathände. Zum Durcheinandermachen.«

Es sei ja nicht so, dass der Abend völlig verdorben gewesen wäre, würde sie am Montag im Lager zu Sebastian sagen: »Aber Yvonne ist wie eine Kapstachelbeere auf unserer roten Grütze. Sie kommt aus der Großstadt, sie liest französische Bücher, sie trägt im Sommer Hüte!«

An jenem Abend in von Steltens Wohnzimmer an dem mit blauen Kornblumen geschmückten weiß eingedeckten Tisch mit den silbernen Serviettenringen machte Yvonne noch einen Versuch, ein gruppentaugliches Thema anzuschneiden, und sagte: »Aus diesem Haus könnte man eine prima Wohngemeinschaft machen.«

»Keine schlechte Idee«, fand Frau Jasmin, »statt jeder in seinem Haus rumzusitzen, könnten wir doch im Alter unsere Singlehaushalte zusammenwerfen.«

Marianne meinte: »So alt werde ich nicht«, und Herr Fischer: »Ich hab keinen Singlehaushalt.« Tatsächlich nahm Fischers Frau so wenig Raum in seinem öffentlichen Leben ein, dass Frau Jasmin für einen Augenblick vergessen zu haben schien, dass er verheiratet war. Oder war sie schlicht davon ausgegangen, dass Wolfgang mit dieser Frau nicht alt werden würde?

Als Yvonne drei Tage später im Schwimmbad mit Frau Klammroth darüber sprach, kommentierte diese:

»Der Fischer ist der jüngere Bruder von Frau Jasmins großer Jugendliebe.«

Für den Moment rettete wieder einmal von Stelten die Situation und fragte, ob jemand Nachschlag wolle, woraufhin sich alle mit übertrieben zur Schau gestelltem schlechten Gewissen an den Gürtel fassten, den Koch lobten, um gleich darauf neue Diätkonzepte auszutauschen. Natürlich nicht ohne sich anschließend gegenseitig zu versichern, man habe es nicht wirklich nötig, es gehe allenfalls um drei, höchstens vier Kilo, man schaffe es zur Zeit eben einfach nicht, schließlich lauerten die Verführungen aber auch überall. Schlimm sei das, und es werde jedes Jahr schlimmer. Im September werde man schon überall mit Lebkuchen erschlagen! Ostereier gebe es mittlerweile ganzjährig!

Schließlich ging die Gesellschaft mit ihren Gläsern auf die Terrasse, wo Marianne rauchen konnte, und bestaunte die schöne Sommernacht.

Auf dem Nachhauseweg sagte Wolfgang Fischer zu Frau Jasmin: »Glaubst du, ich habe in Maulheim mein Leben vertrödelt?«

»Wie kommst du darauf?«, fragte sie zurück.

Er atmete tief ein und vergrub die Hände in den Hosentaschen. Schließlich richtete er den Blick in die Sterne und bemerkte: »Ich bin 45 und weiß noch nicht mal, was Salathände sind.«

Lachend hakten sie sich unter und schlenderten ihre Räusche bergabwärts.

An der Leine fängt der Hund keinen Hasen

»Manchmal hat man das Gefühl, unser Bademeister ist nicht ganz bei der Sache«, sagte Frau Klammroth in einem Ton, der heißen konnte, »und ich weiß auch ganz genau, warum, bittefragenSiemichsofortdanachsonstplatzeich!«.

Yvonne erwiderte nichts und wrang ihren nassen Badeanzug aus. Ohne es sich bewusst zu machen, hatte sie sich heute Morgen extra beeilt, ins Schwimmbad und damit unter Leute zu kommen.

»Sie sind aber früh dran«, stellte Klammroth fest und lächelte freundlich. »Müssen Sie noch wohin?«

»Nein, nein«, antwortete Yvonne, »ich wollte gerade auf die Terrasse, einen Kaffee trinken.«

Das war das Stichwort für die alte Schwatzbase.

Ei, was für ein schönes altmodisches Wort! Kommt aus einer Zeit, als es noch Backfische, Blaustrümpfe, Kaffeetanten, Weibsstücke und Hausdrachen gab. Schwatzbase. Ich hab mich schon immer gefragt, ob es auch Schwatzvettern gibt oder Schweigbasen? Sind Zicken die neuen Kratzbürsten? Oder passt das eher auf Tussen, Miststücke, Trullas und Bitches? Na ja, die Zeiten ändern sich, das Frauen-Bashing hat Bestand. Ach, das interessiert Sie nicht? Sie wollen lieber wissen, wie es mit den beiden Frauen auf der Schwimmbadterrasse weiterging? Was glauben Sie denn? Yvonne wurde nach Strich und Faden ausgefragt über den Abend bei von Stelten. Und weil die Klammroth ein ganz anderes Kaliber war als Yvonne, hatte das arme Mädchen überhaupt keine Chance.

Jemanden auszuhorchen mag manch einem als eine raffinierte Kunst erscheinen. Dabei ist es ganz einfach. Der Trick ist: Sobald Sie einigermaßen vertraut sind mit Ihrem Gegenüber, müssen Sie sehr lieb lächeln und sehr unverschämt fragen. Wie viel Geld verdienen Sie im Monat? Was ist in dem Päckchen? Haben Sie und Ihr Mann noch Sex? Dann hat Ihr Gegenüber nur zwei Möglichkeiten: entweder auf Kosten der Höflichkeit zu erwidern, »Das geht Sie gar nichts an«, oder sich überrumpeln zu lassen und einfach alles auszuplaudern.

Yvonne berichtete über das Essen, als hätte sie einen Abend im Kreise der Familie verbracht, sprach vom Grafen als »Richard«, schwärmte über jedes Detail der Inneneinrichtung und fand, es sei schade, dass Marianne Berg so selten ihr Haus verlasse. Hinter all dem Alkoholnebel verberge sich eine wirklich interessante, gebildete Frau. Zwischen Herrn Fischer und Frau Jasmin scheine eine ganz besondere Magie zu bestehen, da gab sie Frau Klammroth recht. Und dass ein relativ junger, verheirateter Mann seine Zeit mit Leuten verbrachte, die teilweise fünfzehn Jahre älter waren als er, habe etwas Tragisches. Obwohl sie den Grafen nicht auf sechzig geschätzt habe. Sie habe angenommen, er sei wie Marianne Berg ein Schulfreund von Frau Jasmin. Und dabei sei er ein Zugereister wie sie selbst! Ob sie sich deshalb gleich so gut verstanden hätten? Von Anfang an habe sie eine geistige Verbindung zwischen ihnen gespürt. Obwohl er natürlich rein theoretisch ihr Vater sein könnte.

Frau Klammroth war begeistert. Hier hatte sie eindeutig eine Goldgrube aufgetan! Mit halboffenem Mund hörte sie zu und nickte. Und als Yvonne nach Herrn Fischer fragte, zog sie ihre eigenen Register. Sie habe dessen Bruder nur vom Sehen gekannt, aber er sei ein stattlicher Mann gewesen, ein heißer Typ, würde man wohl heute sagen, lachte sie. Auf jeden Fall seien etliche Mädchen neidisch gewesen auf Frau Jasmin. Und Wolfgang Fischer vielleicht auf seinen Bruder. Genau wisse sie es nicht, aber er habe schon damals keine Freunde in seinem Alter gehabt, sondern sei immer mit der Clique um Frau Jasmin und Marianne Berg unterwegs gewesen. Mit seiner Frau sähe man ihn so gut wie nie. Sie kenne sich vielleicht nicht mit modernen Beziehungen aus, aber normal sei das nicht. Und ums Freibad kümmere er sich auch nicht mehr so sorgfältig wie früher. Auf der hinteren Liegewiese sei sie heute Morgen auf dem Weg zu den Umkleidekabinen beinahe über einen Maulwurfshügel gestolpert.

»Ach, ich dachte, da wurde schon ein bisschen gegraben, wegen des Umbaus«, sagte Yvonne. »Typisch Großstädterin«, rügte sie sich selbst, »kann einen Maulwurfshügel nicht von einem zugeschütteten Loch unterscheiden.«

Sie brachten ihre leeren Kaffeetassen zur Geschirrrückgabe und gingen gemeinsam am Becken entlang. Als sie an dem kleinen Bademeistertürmchen vorbeikamen, auf dem in zwei Metern Höhe Wolfgang Fischer auf seinem weißen Plastikstuhl saß, rief Frau Klammroth nach oben: »Sagen Sie, Herr Fischer, haben wir Maulwürfe, oder fangen die schon mit den Umbauarbeiten an?«

»Weder noch«, antwortete Fischer einsilbig.

»Aber irgendwer hat doch da hinten gegraben«, beharrte die alte Dame, und als Fischer nicht reagierte, setze sie nach: »Da hinten, bei den Umkleidekabinen!«

»Ja, ja«, sagte Fischer angespannt, »das hab ich schon weggemacht. Prinz hat da wahrscheinlich einen Knochen vergraben.«

In ein paar Metern Entfernung sah Yvonne die kleine Frau mit der weißen Sonnenbrille die Treppe vom Eingang herunterkommen. »Wie schade«, rief sie ihrer neuen Bekanntschaft zu, »Sie kommen, und ich bin am Gehen! Darf ich Ihnen Frau Klammroth vorstellen?«

Die Bebrillte legte den Kopf ganz leicht zur Seite, reichte Frau Klammroth die Hand und wisperte: »Angenehm.«

»Haben Sie sich inzwischen überlegt, ob Sie herziehen wollen?«, fragte Yvonne und fuhr, ohne die Antwort abzuwarten, fort: »Wir haben hier nämlich eine echte Expertin vor uns. Voilà: die erste Adresse, wenn man etwas über Maulheim erfahren möchte.«

Die Neue setzte gemächlich ihre Tasche ab. »Oh, ja, da gibt es einiges, das mich interessiert.«

»Fragen Sie mich!«, sagte Frau Klammroth freudig, und unter ihren grauen Schläfen glühte es rosa.

Wolfgang Fischer registrierte nicht, dass Yvonne das Schwimmbad verließ und Frau Klammroth die Gesprächspartnerin wechselte. Was spielte es für eine Rolle, mit wem sie quasselte, solange sie ihn in Ruhe ließ. Er zückte sein Handy und rief Frau Jasmin an.

»Und? Hast du dir überlegt, was du tun willst?«, fragte diese.

»Nein.«

»Du kannst sie doch nicht ewig in deinem Büro liegen lassen.«

»Wieso nicht?«

»Was ist, wenn sie jemand findet?«

»Wer soll sie denn finden?«

»Was weiß ich, die Putzfrau.«

»Die Putzfrau geht nicht an den großen Schrank.«

»Du hast sie in den großen Schrank gepackt?«

»In den kleinen hat sie nicht reingepasst.«

Ein paar Sekunden lang schwieg Frau Jasmin. Dann

sagte sie streng: »Wolfi, ich hab dir schon gesagt, was zu tun ist. Entweder das, oder du rufst die Polizei an.«
»Ich brauch noch ein bisschen Zeit.«
»Wofür?« Ihre Stimme klang angespannt.
»Bitte komm heut Abend. Dann erklär ich dir alles.«
»Des Menschen Wille ist sein Himmelreich«, lamentierte sie. »Ich komm um halb neun.«

Als sie aufgelegt hatte, sagte sie zu Sebastian: »Wie kann ein erwachsener Mann so dramatisch sein?« Wie immer bekam sie keine Antwort und setzte das Gespräch allein fort. »Manchmal denke ich, es gibt zwei Sorten von Menschen: Die einen rufen um Hilfe, und die anderen rennen. Das mag ich an dir, Bastl: Du brauchst die anderen nicht. In der Hinsicht sind wir uns ähnlich.« Sie ging nach hinten und kam mit zwei Tassen Kaffee zurück. »Wolfi ist noch nie gut alleine zurechtgekommen. Irgendwie ist er immer der kleine Bruder geblieben. Charly hat ihn ständig damit aufgezogen und gesagt: Was machst du bloß, wenn ich mal nicht mehr da bin?« Sie pustete in die Tasse. »Als ob er es geahnt hätte.«
Sebastian wusste, dass Frau Jasmins schief herabhängendes Augenlid von einem Motorradunfall herrührte. Als er zum ersten Mal in den Laden gekommen war, hatte sie ihm davon erzählt. Vielleicht, um ein bisschen verwegen zu wirken. Er hatte nur schweigend dazu genickt. Schon bald nachdem er angefangen hatte, für sie zu arbeiten, gewöhnte sie sich an die Stille, die er täglich

durch den Raum trug. Er wurde so etwas wie ein Beichtvater für sie, und zuweilen stellte sie irritiert fest, dass sie auf eine pubertäre Art versuchte, mit dem, was sie erzählte, auf ihn Eindruck zu machen.

»Charly ist bei dem Unfall damals ums Leben gekommen, und seitdem …«, sie stockte. Abrupt setzte sie die Tasse auf dem Tresen ab, als hätte sie sich entschlossen, endlich mit der Wahrheit herauszurücken. »Seitdem klebt Wolfi mir irgendwie an der Backe. Ich weiß ja auch nicht, aber ich glaube, er dachte damals, er müsse mir beistehen. Und das denkt er immer noch!« Die Worte sprudelten jetzt nur so. »Seit Charly tot ist, spielt uns Wolfgang den Erwachsenen vor. Deshalb hat er auch diese Frau geheiratet. Ich meine, ich bitte dich: Wir lebten doch nicht im Mittelalter! Niemand musste wegen so was heiraten. Aber er beschloss, diese kindische Verantwortung zu übernehmen und jemanden zu heiraten, den er nicht eine Sekunde geliebt hat. Sie, ja, sie ihn schon. Sie war verrückt nach ihm. Sie musste ihn unbedingt haben. Ob mit oder ohne Liebe. Seine Affären all die Jahre hat sie klaglos hingenommen. Und weißt du was: Ich glaube, dafür hat er sie noch mehr verachtet.« Sie trank einen Schluck Kaffee. »Liebe und Singen kann man nicht zwingen‹, hat meine Mutter immer gesagt. Jetzt, wo ihn die Midlife-Crisis packt, dämmert ihm endlich, dass er nicht nur sein Leben zerstört hat, sondern auch ihres. Ein Hoch auf die Verantwortung!« Sie hob ihre Tasse kurz an und stellte sie zurück auf den Tresen.

Sebastian stieß etwas Luft durch die Nase aus und nickte kaum merklich mit den Dreadlocks. Frau Jasmin fasste das als Zustimmung auf und nickte ebenfalls.

Sebastian war in Gedanken im Schwimmbad. Als Frau Jasmin über Wolfgang Fischer geredet hatte, war er im Kopf noch einmal alle Möglichkeiten durchgegangen: dass er sich geirrt hatte, dass sein Gerät defekt war, und zufälligerweise war in dem Moment, als Frau Jasmin geendet hatte, bei ihm der Groschen gefallen. Deshalb hatte er ruckartig ausgeatmet und vor sich hin genickt. Ihm war klargeworden, dass er nicht allein auf der Suche war.

Durch das Schaufenster an der Seite sah Frau Jasmin den »Steinpilz« kommen. Den mit dem dicken Bauch und der braunen Baskenmütze. »Der hat mir grade noch gefehlt«, sagte sie, und Sebastian verzog sich in den hinteren Teil des Ladens.

Der »Steinpilz« war der einzige Kunde, der sogar zwei Spitznamen hatte. Mittlerweile war Frau Jasmin dazu übergegangen, ihn scherzhaft den »Erben« zu nennen. Denn sie konnte sich nicht erklären, wovon der stets freundliche, etwas schlampig gekleidete Mann, der seit kurzem beinah täglich bei ihr einkaufte, lebte. Den unterschiedlichen Tageszeiten nach zu urteilen, zu denen er in den Laden kam, konnte er unmöglich einer regelmäßigen Arbeit nachgehen. Und er war alleinstehend. Das war klar. Man konnte es an seiner Kleidung sehen: saubere, aber ungebügelte Hemden, Socken, die nicht zu den Schuhen passten, und diese unmögliche, braune, schirmlose Baskenmütze aus Wildleder, die drei Fingerbreit rund um seinen Kopf überstand. So was würde keine Frau auf dem Kopf des Mannes an ihrer Seite dulden. Da war sich Frau Jasmin sicher.

Einzelne männliche Kunden, sowohl vom Studenten- als auch vom Rentenalter gleich weit entfernt, hatte sie selten. Und der Erbe war ein guter Kunde. Er kaufte nach Qualität, nicht nach Preis. Heute wollte er wissen, was das für eine neue Sorte Spinat sei in der Auslage.

»Das ist Mangold«, erklärte Frau Jasmin, »das ist ganz was Feines. Den können Sie genauso zubereiten wie Spinat, Sie müssen nur die weißen Blattstiele ausschneiden und etwas länger kochen.«

Der Kunde kaufte vier große Blätter und eine Artischocke. Und dann, Frau Jasmin biss sich auf die Lippe, tat er es wieder. Er holte sein kleines grünes Büchlein aus der Hemdbrusttasche und machte sich Notizen.

Frau Jasmin fragte, ob das alles sei, obwohl sie die Antwort schon kannte.

»Fünf Schalotten noch, bitte«, sagte der Mann mit der Mütze und steckte sein Notizbuch wieder weg.

Es mussten immer fünf sein. Zu jedem Einkauf, gleich welcher Art, orderte er noch fünf Schalotten. Ein merkwürdiger Kauz.

Frau Jasmin schluckte ihren Unmut hinunter, obwohl sie am liebsten aus vollem Hals geschrien hätte: »Hören Sie endlich auf damit! Noch ein Strich mit dem Faserschreiber, und ich ziehe Ihnen die Mütze über die Nase. Was zum Geier soll das? Wollen Sie mich bespitzeln?«

Stattdessen legte sie einen besonders saftigen Pfirsich mit in die Tüte. »Den bringen Sie Ihrer Frau mit«, sagte sie hinterlistig. Der Steinpilz reagierte nicht. »Oder sind Sie noch zu haben?«, schob sie mit aufgesetzt freudiger Miene hinterher.

»Nein, nein«, antwortete er ruhig, »ich finde schon einen Abnehmer.« Und Frau Jasmin rätselte, für wen: sich selbst oder den Pfirsich? Sie spürte, dass sie für den Moment nicht mehr würde aus ihm herauskitzeln können, und wünschte ihm noch einen schönen Tag.

»Danke, gleichfalls«, antwortete der Dicke höflich, und noch bevor er die Ladentür hinter sich schloss, sagte sie zu Sebastian: »Keine Antwort ist auch eine Antwort.«

Am Abend machte sich Frau Jasmin auf den Weg zu Wolfgang Fischer, während Sebastian schon mit seiner Freundin am Hinterausgang der Bar stand und ihr von seiner Vermutung erzählte.

»Jetzt weiß ich auch, warum mir die Stelle so anders vorgekommen war. Möglich, dass da jemand ein neues Stück Rasen eingesetzt hat.«

»Aber du bist dir nicht sicher, oder?«

»Ist im Dunkeln schwer zu erkennen«, sagte Sebastian achselzuckend. »Fakt ist, dass das Gerät in einem Radius von vier Metern angeschlagen hat. Es kann nicht sein, dass da plötzlich gar nichts mehr ist.«

»Vielleicht ist das Gerät kaputt.«

»Vielleicht. Vielleicht ist mir aber auch jemand zuvorgekommen.«

»Vielleicht bildest du dir das nur ein«, sagte sie halbherzig.

Sie gaben sich mechanisch die Hände und sagten leidenschaftslos »Vier«. Anscheinend hatte keiner von beiden heute Lust auf das Wörterwiederholspiel. Ohne weiter darauf einzugehen, ließen sie ihre Hände auseinandergleiten.

Sie schob mit dem linken Zeigefinger die weiße Sonnenbrille an der Nasenwurzel nach oben. »Wenn du nicht mal den Rasen im Dunkeln richtig erkennst, wie kannst du sicher sein, an welcher Stelle der Metalldetektor ausgeschlagen hat?«

»Ich hab die Stelle markiert.«

»Womit?«

»Ich hab ein paar von den neuen Früchten in die Erde gesteckt.«

»Diese schwarzen Mini-Orangen?«

»Das sind Kumquats, und sie sind violett.«

»Und die kannst du im Dunkeln sehn?«

»Nein, aber ich kann sie spüren, wenn ich barfuß drüberlaufe.« Er grinste. »Fühlen sich an wie Golfbälle.«

Sie ging ein paar Schritte weg, drehte sich dann hastig zu ihm um und sagte fahrig: »Was ist, wenn sich deine Oma das alles nur ausgedacht hat? Die ernährt sich doch fast nur noch von Bananen und Apfelmus!«

»Fängst du schon wieder an?«

»Es ist erwiesen, dass Obst in hohen Dosen —«

Er packte sie bei den Schultern und küsste sie. Ihr kribbelten davon die Füße. Sebastian mochte ausgezehrt wirken, Filzhaare bis zum Arsch und einen müden Gesichtsausdruck haben, aber wenn er einen küsste, hatte man das Gefühl, man würde am ganzen Körper mit Federn gekitzelt. Sie nahm die Sonnenbrille ab, schlang die Arme um ihn und stürzte sich ins Warme, Feuchte. Als sie wieder zu sich kam, sah sie ihm in die tiefdunklen Augen und sagte: »Ich will hier weg. Ich möchte mit dir alleine sein. Ich möchte wieder jede Nacht neben dir schlafen. Und mit dir.«

Er drückte sie an sich und brummte ihr ins Ohr: »Es dauert nicht mehr lange.«

»Wie lange?«, fragte sie ungeduldig.

Er schob sie aus der Umarmung. »Ich bringe diese Sache zu Ende. Hilf mir, oder geh mir aus dem Weg.«

Sie setzte die weiße Sonnenbrille wieder auf und sagte: »Wenn jemand was ausgegraben hat, dann kann das ja wohl nur einer sein.«

»So sieht's aus. Er ist der Einzige außer mir, der sich unbeobachtet im Schwimmbad aufhält.«

»Und was willst du jetzt machen?«

»Gar nichts. Ich halt mich an die Jasmin. Der Bademeister erzählt ihr alles. Und sie erzählt alles mir. Sobald ich mir sicher bin, hol ich mir mein Eigentum zurück.«

Geschmäcker und Ohrfeigen sind verschieden

Frau Klammroth war allein. Sie saß mit einem Lappen in der Hand am Küchentisch und starrte ins Leere. Es war still in dem kleinen schmalen Raum mit dem niedrigen Resopaltisch und dem einzelnen Stuhl, auf dem Frau Klammroth saß. Nicht einmal eine Uhr tickte.

Den ganzen Vormittag war sie in Bewegung gewesen. Zuerst hatte sie ihre Bahnen im Schwimmbad gezogen. Zehn Stück. Das »Rentnerpensum«, wie das im Jargon der Dauerbadegäste hieß. Danach plauderte sie sich auf dem Wochenmarkt von Stand zu Stand, erfuhr, dass die Metzgerswitwe letzten Sonntag erstmals in Dunkelblau zur Kirche gekommen und bei der Polizei ein neuer Kommissar eingestellt worden sei. Bis sie mit einem demonstrativen Blick auf die Uhr das bunte Markttreiben verließ. Schon halb zwölf, nun müsse sie aber sehen, dass sie nach Hause käme und ihr Mittagessen koche. Nach dem Essen hatte sie den einzelnen Topf, ihren Teller und den Löffel abgewaschen, den Herd geputzt und die Spüle trockengerieben, bis alles perfekt glänzte. Wenigstens für den Moment.

Dass nie einfach alles gut sein würde. Dass alles

immer weiterging. Dass man sich nie zurücklehnen konnte, nie irgendetwas fertig war. Das bedrückte sie so sehr, dass sie jetzt, hier sitzend, an ihrem Küchentisch, nahe dran war aufzugeben. Was gleichbedeutend damit war, sich selbst einzugestehen, dass ihr Kampf um Kontrolle von Anfang an aussichtslos gewesen war. Nichts, was man anfing, würde je zu Ende sein. Jeder Wasserfleck, den sie auf ihrer perfekt gepflegten Badezimmerarmatur wegwischte, schien zurückzukommen, sobald sie dem Waschbecken den Rücken kehrte. Schneller, als sich irgendjemand dort die Hände waschen konnte, lag wieder ein Tropfen auf dem Wasserhahn. Als würde er sich aus dem Badezimmerdeckennichts heruntermaterialisieren, nur um sie zu verhöhnen. Das ganze Saubermachen, Aufräumen, Lebensmittel einkaufen, die dann Stunden später in ihrem Bauch oder dem Mülleimer verschwanden, erschien ihr so hoffnungslos, dass es ihr die Brust einschnürte wie ein Korsett. Jeden Morgen aufzustehen, sich anzuziehen, Dinge zu erledigen, ohne dass irgendwer es bemerkte, war so nutzlos. Sie wollte nichts mehr tun. Sie würde jetzt einfach aufhören und in eine Starre verfallen. In Ruhe versteinern.

Als das Telefon schrillte, wäre ihr fast das Herz stehengeblieben.

Diese alleinstehende Frau aus dem Schwimmbad, die mit der auffälligen Sonnenbrille, war dran.

Wenn Sie mich fragen, bedeutete das nichts Gutes. Ein Mensch, der sein Gesicht verbirgt, sich das Vertrauen von arglosen Literaturübersetzerinnen und einsamen Gurkenweiblein erschleicht und dabei noch nicht einmal seinen Namen preisgibt, mit dem stimmt doch etwas nicht.

Sie finden mich zu misstrauisch? Ach, wissen Sie, ich glaube, ich bin mehr als das. Ich bin ein richtiger Schisser. Und meine Eltern waren auch schon welche. Der letzten Generation, deren Väter und Mütter in einer Zeit aufwuchsen, in der die Bedrohung von allen Seiten kam, ist das Urvertrauen nicht gerade mit der Schöpfkelle eingegeben worden. Dass unsere Eltern im Krieg waren, machte sie für uns zu Aliens. Sie kamen aus einer anderen, einer versunkenen Welt, die dunkel war und furchteinflößend. Wir Kinder konnten dort nicht hin. Das war nicht wie die DDR, wo man mal einen Ausflug hin machte, um hinterher zu sagen: »Schrecklich, das Ganze. Man kann sich das ja nicht vorstellen, wenn man es nicht mit eigenen Augen gesehen hat.«

»Es war Krieg!«, sagten unsere Eltern mit von der bloßen Erinnerung aufgerissenen Augen, »es war Krieg!« Und es klang wie ein Vorwurf in meinen Ohren. Ich kannte den Krieg nicht. Das war lange her und vorbei. Aber in den Nachrichten hörte man, dass der Krieg jetzt auf Reisen ging und zur Zeit in einem anderen Land wohnte. Der Krieg war anscheinend recht umzugsfreudig. Daher war es nicht ausgeschlossen, dass er eines Tages zurückkam. Ich hatte Angst. Aber ich wusste nicht genau, wovor. In einer Art schnurloser Direktübertragung hatte ich die Angst meiner Eltern geerbt. Die Angst vor einem Monster, das nicht greifbar war. Ich wusste nichts über diesen »Krieg«. Wie er aussah, roch oder sich anhörte. Ich wusste nur, er konnte jederzeit wieder auftauchen und war ein Allesfresser, gegen den man sich mit keinem Mittel der Welt wehren konnte.

Ich wusste auch nicht, was Hunger ist. Das haben uns die Eltern immer wieder gesagt. »Ihr wisst ja nicht, was Hunger ist!« Ich schämte mich dafür, blieb aber dumm. Denn meine Eltern haben mir nichts über ihn erzählt. Nur, dass es ihn gab. Nach dem »Krieg«. Ich überlegte, was das Schlimmere von beiden sei und was ich wählen sollte, wenn man mich vor die Wahl stellte: Krieg oder Hunger? Bei Geld oder Leben war es einfach. Da sagten wir auf dem Schulhof immer: »Dann nehm ich das Geld!« Aber so was ging bei Krieg und Hunger nicht. Über die beiden machte man keine Witze, und auf dem Planeten, von dem meine Eltern kamen, verstand man keinen Kinderhumor. Darauf musste ich Rücksicht nehmen. Meine Eltern waren arme, gebeutelte Wesen. Am besten bewegte ich mich leise und unauffällig durch die Wohnung, um sie möglichst wenig zu stören.

Als ich etwas älter war, fing mein Vater an zu erzählen. Er hatte wohl die Hoffnung aufgegeben, eines Tages von seinem Raumschiff wieder abgeholt zu werden. Deshalb blieb er in unserer Welt und versuchte sich zu arrangieren. Und wenn er Heimweh hatte, erzählte er mir vom Krieg. Er kippte all seine schmerzhaften Erlebnisse über meinem dreizehnjährigen Kopf aus: Wie es ist, einen Menschen zu erschießen. Wie die Erde bebt, wenn er einem der Länge nach vor die Füße fällt. Wie ein Baum, den man mit der Axt geschlagen hat. Wie die russische Bäuerin ihm die Tür aufmachte, vor die ihn die anderen geschickt hatten. Weil er der Jüngste war, blonde Locken hatte und nicht aussah wie ein Mörder. Er würde eher ein paar Lebensmittel bekommen als die stinkenden Soldaten mit den harten Gesichtern und den gierigen Augen. »Ach, du Bub, du dummer kleiner Bub. Geh nach Hause, zu deiner Mutter«, hatte sie gesagt.

Ich habe die Mutter meines Vaters nie kennengelernt, und ich konnte mir meinen Vater nicht als achtzehnjährigen Jungen in Uniform vorstellen. Meine Omas sind sämtlich am Kinderkriegen gestorben, und von den Großvätern hat sich einer umgebracht, und der andere ist im Krieg verschollen. Das hat man mir jedenfalls erzählt. Vielleicht weil die Story mit dem Raumschiff zu unglaubwürdig war. Meine Eltern kamen mir daher immer ursprungslos vor. Sie hatten keine Geschichte. Vor ihnen war nichts. Nur der Krieg.

Ich habe damals gelernt, dass man nie die ganze Wahrheit kennt. Ein Rest von Misstrauen ist also nicht nur angebracht, sondern in vielen Situationen sogar überlebensnotwendig.

Vor allen Dingen, wenn es um Obst geht. Nicht umsonst hält sich der umsichtige Weltenbummler an die Devise: »Koch es, schäl es oder lass es.« Wer weiß schon, warum Apfelkerne tatsächlich so komisch schmecken? Wie viele mikroskopisch kleine Tiere halten sich an den winzigen Härchen von Stachelbeeren fest? Wieso schmeckt nur jede dritte Erdbeere nach Erdbeere und die anderen beiden, als wären sie synthetisch hergestellte Doubles? Ich habe noch nie etwas Unvorhergesehenes im Kartoffelbrei gefunden. Obst ist immer roh und unberechenbar. Wissen Sie, was in Ihrem Dünndarm passiert, nachdem Ihr Magen nicht mit der Fruchtsäure fertig geworden ist? Oder gar, was dabei herauskommt, wenn man verschiedene Obstsorten miteinander kombiniert in einem, mich schaudert vor dem Wort: *Obstsalat*? Hat schon mal jemand ein natürlich gewachsenes Lebensmittel gesehen, das auch nur annähernd so hässlich, unnütz und scheußlich im Geschmack ist wie eine Quitte? Und denken Sie bitte nicht, das sei die einzige Monstrosität, die der Obstanbau zu bieten hat: Was kommt wohl dabei heraus, wenn man Kumquats mit Brombeeren kreuzt?

Von Stelten wollte es unbedingt wissen. Am Montag nach seinem Gourmet-Salon hatte er Sebastian im Hof überrascht und ihm eine Handvoll seiner ersten Ernte abgeluchst. Daumengroße, längliche, glänzende Früchte, von dunkelvioletter Farbe und mit einer orangenähnlichen Schale.

»Eine neue Obstsorte, und ich bin der Erste, der sie probieren darf!«, hatte er entzückt ausgerufen.

Frau Jasmin, die bei offener Tür im Lager arbeitete, hatte eingewendet: »Genaugenommen bist du der Dritte, nach Bastl und mir. Schmecken ein bisschen säuerlich.«

Nein, nein, nein, sie solle schweigen, das wolle er gar nicht hören. Er werde sie mit nach Hause nehmen und bei passender Gelegenheit verköstigen. Eine botanische Sensation sei das! Und viel zu schade, sie so zwischen Tür und Angel zu verhapsen. Wie er seine Kreation zu nennen gedenke, hatte er gefragt, und Sebastian hatte geantwortet: »Bromquats.«

Sebastians Oma hätte es gefallen, dass ihr Enkel jetzt der Erfinder von etwas war. Es sollte ihr allerdings nicht mehr vergönnt sein, das botanische Wunder zu bestaunen. Wenige Monate nach Sebastians letztem Besuch erwischte sie ein Hirnschlag.

Wenn Sie mich fragen: zu viel Fruchtsäure. Alte Mägen können mit aggressiven Lebensmitteln nicht mehr so gut umgehen. Und Zucker und Zellulose waren ohnehin noch nie eine gute Kombination. Das weiß jeder, der schon mal zu viele Pflaumen gegessen hat. Vor allem, wenn sie unreif sind. Und Äpfel werden so gut wie immer unreif geerntet. Wenn sie richtig reif sind, fallen sie vom Baum, und man muss sich nach ihnen bücken. Das macht zu viel Arbeit, also reißt man sie vorher vom

Ast, und ab damit in die Sortiermaschine. Die guten werden gewachst und an junge, robuste Mägen verfüttert, die dann mit der nahezu unverdaulichen Schale kämpfen, wegen der paar Vitamine, die man auch problemlos als Pulver zu sich nehmen könnte. Die anderen versetzt man mit Zucker, vermanscht sie zu Apfelmus und setzt sie wehrlosen alten Menschen vor. Hätte man der Oma jeden Tag etwas Petersilie über den Gemüseeintopf gestreut, könnte sie heute noch leben und stolz auf ihren Enkel sein.

Sie hätte ja immer gern mehr Kontakt zu ihm gehabt, aber sein Vater bestand damals darauf, dass er ins Internat ging. Möglich, dass er sich nach dem Unfalltod seiner Frau mit dem kleinen Kind überfordert fühlte. Vielleicht wollte er seinen Sohn aber auch nicht in der Obhut einer Frau lassen, die mit ihren 86 Jahren dem Pflegepersonal in der Seniorenresidenz noch so viel Respekt einjagte, dass man sie hinter ihrem Rücken »die Generalin« nannte.

Ihre Erziehungsmethoden schienen jedenfalls militärischen Ursprungs zu sein. Und sie ließ keinen Zweifel daran, dass ihr Sohn, wie überhaupt die ganze Nachkriegsgeneration, verweichlicht war. »Bestrafung muss weh tun, sonst bleibt sie nicht haften«, hatte sie zu Sebastian im Aufenthaltsraum bei Hagebuttentee und Fruchtschnitten gesagt, »das hat dein Vater nie verstanden.« Mit einem altersweisen Lächeln hatte sie in ihrem Tee gerührt und hinzugefügt: »Jede Generation meint, sie macht es besser, und alle Söhne halten ihre Mütter für Monster.«

Sebastian konnte dazu nichts sagen. Er hatte mit einem melancholischen Vater und wechselnden Erzieherinnen auskommen müssen. Er war auch nicht hergekommen, weil er längst verschüttete Familienbande wieder festzurren wollte, sondern um an Großmutters Kohle zu kommen. Leider stellte sich heraus, dass diese bereits auf dem Konto der Seniorenresidenz ruhte. Dafür wurde die alte Dame aber auch standesgemäß umsorgt.

»Dein Vater hat einen großen Teil des Familienvermögens für sogenannte wohltätige Zwecke verschleudert«, sagte sie verächtlich, »dabei ging es ihm in erster Linie um sein eigenes Wohlergehen, aber ich bezweifle, dass es geholfen hat.« Ein so prächtiger Junge sei er gewesen. Blond, blauäugig, kerngesund und blitzgescheit. Alles sei in Ordnung gewesen, bis »der Mann in ihm erwacht« sei, womit sie wohl die einsetzende Pubertät meinte.

Und dann erzählte sie vom Krieg, der eine einundzwanzigjährige Witwe aus ihr gemacht hatte. Ob sie Zeit gehabt hätte, schlaue Bücher über Kindererziehung zu lesen? Sie habe sich an das gehalten, was sie in ihrer eigenen Erziehung gelernt hätte. Und das sei schließlich nicht das Schlechteste gewesen. Ihr habe das Stöckchenknien jedenfalls nicht geschadet.

Wahrscheinlich habe dem Sohn ab einem gewissen

Alter das männliche Vorbild gefehlt. Aber wie habe sie, die ein Haus zu führen und den Betrieb zu repräsentieren hatte, ihm den ersetzen können? Ihre gesellschaftliche Stellung habe es ihr schlicht unmöglich gemacht, noch einmal zu heiraten.

Sebastian war allmählich ungeduldig geworden und hatte sanft gedrängelt: »Großmutter, kannst du mir helfen?«

Sie musterte ihn einmal von oben bis zum Ende seiner Dreadlocks und spöttelte dann: »Man sieht ja, was aus Kindern wird, die man sich selbst überlässt.« Dann griff sie nach ihrer Teetasse und beschied: »Geld muss man sich erarbeiten.« Nachdem sie einen Schluck getrunken hatte, setzte sie in aller Ruhe die Tasse ab und schaute an ihm vorbei. »Ich hatte einmal eine sehr kostbare Spieluhr. Ein wunderschönes Erbstück von meiner Mutter mit einem edelsteinverzierten Deckel und einer Engelsfigur. Dein Vater hat sie gestohlen.«

Dann schwieg sie, nein, sie verklang, wie ein Grammophon, das man für die Dauer einer Platte aufgezogen hatte. Ihre wässrigen blauen Augen wurden noch etwas matter, und ihr Blick nahm nun nichts mehr auf. Die Pflegerin hatte Sebastian anfangs gewarnt. Frau von Coburg sei nicht immer ansprechbar. Es war von Demenz die Rede. Sie habe wache Momente, aber man wisse nie genau, wie viel sie tatsächlich mitbekomme.

»Großmutter«, Sebastian rüttelte ihre Hand, »kannst du mir helfen?« Sie reagierte nicht. Er rüttelte kräftiger.

Sie zog die Hand zurück und murmelte: »Dabei hat mir selbst die Hand weh getan.«

»Was meinst du?«, fragte ihr Enkel, und sie atmete schwer. Fast schien es, als kehre sie wieder ganz zurück, aber sie drehte lediglich den Kopf in seine Richtung und sah nun mit leeren Augen durch die Tischplatte.

»Eine Ohrfeige um die andere hab ich ihm gegeben, aber er wollte nicht antworten. ›Ich hab sie vergraben‹, hat er geschrien, ›und du wirst sie nie wiederfinden.‹« Er habe doch mehr Stärke bewiesen, als sie ihm zugetraut habe, und nichts verraten. Allerdings habe sie nach seinem Tod seine Tagebücher gefunden, und da sei immer wieder die Rede von einer bestimmten Eiche gewesen, auf dem Grundstück, wo früher das Herrenhaus gestanden habe. Das müsse wohl sein Lieblingsplatz gewesen sein. »›Dort, wo ich das Symbol der Tyrannei versenkt habe, kann ich Kräfte sammeln für zukünftige Kämpfe.‹« Ein furchtbarer Kitsch sei das gewesen. Und sie habe das als die Spinnerei eines Vierzehnjährigen abgetan. Erst in letzter Zeit sei ihr der Gedanke gekommen, dass er die Spieluhr damit gemeint haben könnte.

Natürlich war das eine etwas vage Hoffnung, aber Sebastian war pleite, und Maulheim lag nur ein paar Kilometer entfernt. Es kostete nur eine Bahnfahrkarte und ein paar Spatenhübe, unter der alten Eiche, unter der er in den Ferien oft mit seinem Vater gespielt hatte, nachzusehen. Was Oma Coburg vergessen hatte zu erwähnen, war, dass das Grundstück bei der Abwicklung des niedergegangenen Familienunternehmens an die Stadt verkauft worden war. Im Zuge der Modernisierung des in den siebziger Jahren erbauten Freibades war die stattliche, aber inzwischen unheilbar morsche Eiche der Erweiterung der Liegewiese zum Opfer gefallen.

Abends wird der Faule fleißig

»Sie ist wunderschön, nicht wahr?«, sagte Wolfgang Fischer andächtig, als er mit Frau Jasmin vor dem geöffneten Metallschrank stand. Zwischen zwei Leitz-Ordnern und einer durchsichtigen Plastikbox, in der jede Menge einzelne Schlüssel lagen, stand eine dunkelblaue, glänzende Kassette mit abgerundeten Ecken auf vier geschwungenen, goldenen Füßen. Auf dem Deckel erhob sich aus einem Oval aus hellblauen, geschliffenen Steinen eine elegante, mädchenhafte Frauenfigur mit stilisierten Flügeln, die auf einem nackten Fuß balancierte und das andere Bein leicht angewinkelt nach hinten wegstreckte, als hätte man sie bei einem leichten Lauf über eine Frühlingswiese eingefangen. Auf der linken Handfläche hielt sie dem Betrachter eine kleine Weltkugel entgegen. Sie glänzte ebenfalls dunkelblau, und die Kontinente waren in Gold eingelegt. Fischer hob die Kassette behutsam mit beiden Händen aus dem Schrank und stellte sie auf seinen abgewetzten Holzschreibtisch.

Seine Freundin Sieglinde stand da und rieb sich etwas ratlos die Nase. »Ja, sie ist schön«, sagte sie schließlich,

»aber da hat sich seit Samstag nicht viel dran geändert, oder?«

»Nein«, er schaute gedankenverloren auf die Spieluhr. »Ich hab dir neulich nicht alles erzählt.«

»Ja?«, drängelte Frau Jasmin und dachte, dass Wolfi wie ein kleiner Junge aussah, wenn er sich hinter seinem unsicheren Lächeln und dem schräg nach oben gereckten Kinn versteckte.

»Als ich Jeanette aus der Kiste geholt habe, hab ich sie nicht zum ersten Mal gesehen«, sagte er, und sein Blick klebte auf der Engelsfigur.

»*Jeanette?*«, fragte Jasmin entgeistert.

»Du weißt doch, dass ich als Kind oft bei den Coburgs war.«

»Und weiter?«

»Es stimmt nicht, dass Frau von Coburg mir Nachhilfe gegeben hat.« Er machte eine Pause und setzte sich auf den Schreibtischstuhl. »Also, es stimmt schon, aber das ist nicht der Grund, warum ich hinmusste.«

»Hinmusste?«, fragte Frau Jasmin irritiert.

Fischer erwiderte nichts. Seine hellblauen Augen, die umso mehr leuchteten, da sie von dunklen Brauen und Wimpern eingefasst waren, hielten sich an der Figur fest, und er sah aus, als erwarte er jeden Moment einen Schlag ins Genick. Frau Jasmin setzte sich, ohne ein weiteres Geräusch zu machen, auf das kleine Kunstledersofa in der Ecke und hielt still.

»Ich war acht Jahre alt«, begann Fischer, »und ich hab

meinen Fußball bei denen in die Scheibe gekickt. Der Gärtner hat mich sofort erwischt und ins Haus gebracht. Mann, das Haus war riesig. So eine große Treppe hatte ich bisher nur in der Schule gesehen. Als ich da auf Frau von Coburg wartete, kam ich mir vor wie in einer Kirche.« Er öffnete den Deckel der Kassette, und es ertönte eine Spieluhrmelodie, die alt und sehnsüchtig klang.

»Sie hat mir den Fußball zurückgegeben, und ich dachte, alles ist in Ordnung, und wollte wieder gehen. Und als ich schon fast an der Haustür war, rief sie: ›Junger Mann!‹ Ich werde das nie vergessen. Ihre Stimme in meinem Rücken. Wie ich mich umdrehte und zu ihr zurückging, es kam mir ewig vor, bis ich vor ihr stand und sie auf mich runtersah und sagte: ›Dir ist doch klar, dass ich dich jetzt bestrafen muss.‹ Ich weiß noch, wie ich dachte, ja, klar, das muss sie jetzt, das ist ja logisch, das kann sie mir nicht einfach so durchgehen lassen. Immerhin hab ich eine Fensterscheibe kaputt gemacht. Das waren große Scheiben, weißt du, viel größere als bei uns zu Hause, und ich hatte Angst, dass meine Eltern das vielleicht gar nicht bezahlen könnten.« Er schnaufte und schloss den Deckel. Mit einem hässlichen metallischen Knarzen riss die Melodie ab. »Sie ist mit mir ins Kaminzimmer gegangen.« Er stockte. »Da hat sie ein Holzscheit vom Stapel genommen und es vor den Kamin gelegt. Oben auf dem Kaminsims stand die Spieluhr. Die holte sie herunter, zog sie auf und sagte: ›Auf die Knie.‹

Ich kniete mich auf das Holzscheit, und sie öffnete den Deckel. ›Wenn die Musik aufhört zu spielen, kannst du aufstehen‹, hat sie gesagt. Und dann hat sie sich ein kleines Buch von dem Tischchen am Fenster genommen und sich in ihren Ledersessel gesetzt. Sie hat gar nicht mehr zu mir rübergeschaut. Sie wusste, dass ich gehorche.«

»Mein Gott, Wolfi«, sagte Frau Jasmin und stand vom Sofa auf, aber bevor sie am Schreibtisch war, wandte Fischer sich ab und ging ihr aus dem Weg.

»Das ging ein paar Wochen so«, erzählte er weiter, als er am Fenster stand. »Weißt du, ich hab da gekniet und in dieses rußige schwarze Loch vom Kamin gestarrt, und ich hab immer an den Pfarrer gedacht, wie er im Religionsunterricht plötzlich neben meinem Tisch stand und sich zu mir runtergebeugt hat. Ganz nah ist er mit seinem grauen Gesicht an mein Ohr gekommen und hat gesagt: ›Spitze Nase, spitzes Kinn – steckt der wahre Teufel drin.‹

Zuerst hab ich nicht geheult. Ich hab versucht, ein tapferer Junge zu sein. Aber dann hat sie gefragt: ›Wie willst du die Scheibe bezahlen?‹ Ich hab einfach nicht gewusst, was ich antworten sollte. Und dann hat sie mir die Hand ins Genick gelegt und gesagt: ›Keine Angst, deine Eltern werden von mir nichts erfahren, du bist doch schon ein großer Junge.‹ Sie hatte so eine tiefe Stimme, weißt du, sie hat immer ganz langsam gesprochen. ›Du kannst für deine Schuld geradestehen‹, hat sie gesagt, ›ich helfe dir dabei.‹ So blöde das klingt, Sieglinde, das leuchtete mir irgendwie ein. Ich würde alleine da rauskommen.

Einmal die Woche pünktlich um drei bin ich hingegangen zu Frau von Coburg und hab meine Schuld abgearbeitet. Meistens hat sie im Erker gesessen und mir französische Gedichte vorgelesen. ›Die Zeit soll nicht unnütz sein‹, hat sie gesagt, und das war doch etwas Gutes, und ich hab auf dem Holz gekniet und mit den Tränen gekämpft. Und dabei hat mir die Melodie geholfen. Mit der Zeit hab ich gewusst, wie oft die Melodie spielen würde, ehe die Feder ausgeleiert war. Das ist von Schumann. Hast du das gewusst? ›Von fernen Ländern und Menschen.‹ Der Engel hing immer so in der Luft, wenn der Deckel auf war, und ich hab mir vorgestellt, dass das für Jeanette genauso unbequem sein musste wie für mich das Holzscheit. Ich hab mich dadurch nicht so alleine gefühlt. Ich weiß, dass das bescheuert ist.«

»Ist es nicht«, wandte Jasmin hilflos ein, aber Fischer überhörte es.

»Am Anfang habe ich mich an dem Engel festgehalten. Ich habe sie Jeanette genannt, weil ich dachte, Jeanette heißt so viel wie ›nette Frau‹. Sie lässt nicht zu, dass es noch schlimmer wird, dachte ich, Jeanette passt auf mich auf. Nach ein paar Mal hab dann ich sie getröstet. Wenn der Schmerz zu groß wurde, hab ich ihr im Stillen gesagt: Keine Angst, Jeanette, es ist gleich vorbei.

Nur noch zweimal spielt die Melodie, dann klappt der Deckel zu, und du stehst wieder gerade.«

Er ging zurück zum Schreibtisch und setzte sich.

»Eines Tages stand ein älterer Junge im Türrahmen. Heute weiß ich, dass das Frau von Coburgs Sohn war. Ich kannte ihn damals nicht, weil er immer im Internat war. Er hatte hektische rote Flecken im Gesicht und rief: ›Hör auf!‹ Immer wieder: ›Hör auf!‹ Ich war mir nicht sicher, wen er damit meinte. Sie sagte, er soll auf sein Zimmer gehen, und er starrte mich an und schrie: ›Aufhören! Hör auf!‹, und ich wusste nicht, was ich tun soll, ich weiß nicht, ich hab Angst gehabt vor dem Jungen. Er war größer als ich und hatte die Fäuste geballt, seine Stimme hat sich überschlagen: ›Hör auf!‹ Wie ein Wahnsinniger. Ich bin dann so ein bisschen vom Holz gerutscht und hab zu ihr geschaut. ›Bleib!‹, hat sie gesagt, wie zu einem Hund, ›bleib!‹ Und er hörte nicht auf zu schreien, sie blieb total eisig, und ich hab mir vor lauter Panik in die Hose gepisst. Der Junge ist zum Kamin gerannt, hat die Spieluhr vom Sims gerissen und ist damit weggelaufen. Die Alte hat einen knallroten Kopf bekommen und gesagt: ›Du kannst gehen.‹ Ganz ruhig, aber es klang bedrohlich. Und danach bin ich nicht mehr hingegangen.

Ich hab die Spieluhr nie wieder gesehen, bis Prinz die Kiste ausgegraben hat.«

Einen Augenblick lang regte sich sein schwarzhaariger Kopf nicht. Dann drehte er sich mit einem Ruck zu ihr um und stützte sich schwungvoll mit den Händen auf den Schreibtisch. »Und jetzt überleg doch mal«, sagte er eindringlich, »dass ich ausgerechnet dort Bademeister werde, wo er die Spieluhr versteckt hat, das ist wie Schicksal, als ob sie für mich bestimmt war. Wenn ich gewusst hätte, dass sie all die Jahre direkt vor meiner Nase gelegen hat! Sieglinde, das ist ein Zeichen! Sie steht mir einfach zu.« Er wirkte angespannt, entschlossen und zugleich ängstlich. Wie ein Sprinter, der kurz vor dem Startschuss begreift, dass er keine Chance hat zu gewinnen.

Frau Jasmin blieb betont ruhig, als sie sagte: »Wolfi, das ist furchtbar, was dir da passiert ist, aber die Spieluhr gehört dir nicht, und ich glaube, es tut dir auch nicht gut, sie zu behalten.«

»Ich will sie nicht behalten«, antwortete Fischer kalt, »ich will sie verkaufen und mir von dem Geld ein neues Leben aufbauen.«

»Glaubst du, sie ist so wertvoll?«

Er löste sich von der Tischplatte und sagte lakonisch: »Glaubst du, die Coburgs hatten irgendwas im Haus, was nicht wertvoll war?«

Darüber spekulierte Frau Jasmin auch noch am nächsten Tag, als sie mit Sebastian allein im Lager saß. Wie wertvoll die Uhr sei? Wie viel Kohle man wohl mit ihr machen könnte? Was ein Sammler wohl dafür bezahlen würde? Die meisten ihrer Gespräche in den darauffolgenden Tagen kreisen um dieses Thema. Dabei finde ich es viel interessanter, dass Wolfgang Fischer glaubte, er könne sich mit dem Geld der Coburgs einen Teil seiner verletzten Kinderseele zurückkaufen. Wie irritierend, dass Sieglinde, seiner besten Freundin, als Erstes dazu einfällt, ihn zu fragen, für wie wertvoll er die Spieluhr hält. Anstatt das Ding zu nehmen und unter wüsten Beschimpfungen auf dem Boden zu zertrümmern, bis nichts mehr übrig ist von der Demütigung und der unsagbaren Angst eines achtjährigen Kindes, das vor dem Höllenschlund knien muss und dabei auch noch kitschige Musik hören, wobei man durchaus fragen könnte, was von beidem wohl die größere Folter war, aber darauf kommt es mir im Moment nicht an. Ich finde es einfach bemerkenswert, dass Fischer siebenundzwanzig Jahre lang an der Seite einer Frau, die er zufällig mal geschwängert hat, in diesem Kuhkaff den Bademeister macht und nicht ein einziges Mal über Scheidung nachdenkt, nicht mal, nachdem das Balg Abitur macht und auszieht. Und jetzt, wo er ein bisschen Kohle wittert, wachsen ihm auf einmal Abenteuerflügel! Plötzlich weiß er, wo's langgeht, nämlich bloß weg, und er traut sich endlich auszusprechen, was schon seit Jahren in ihm schreit.

Wenn Sie mich fragen, macht Geld merkwürdige Dinge mit Männern. Frauen legen Geld an, sie betrachten es als Sicherheit und Schutz. Männer sehen Möglichkeiten. Vor allen Dingen die Möglichkeit, etwas in ihrem Leben zu ändern. Als Sebastian damals das Pflichterbe ausgezahlt wurde, schmiss er sofort seine Karriere an der Uni hin. Denn einer wie Sebastian häuft Geld nicht an oder baut sich eine Existenz damit auf. Für ihn ist Geld nur Mittel zum Zweck, wie Treibstoff für einen Motor: Es verbrennt, damit er leben kann. Er zog um die Welt, und als das Geld alle war, wurde er zwangsweise und nur zeitweilig sesshaft. Nach dem Besuch bei der alten Dame juckte es ihn schon wieder kräftig in den Fingern. So einen Mann hält man nicht mit Kohle. So einer brennt damit durch.

Während Fischer in dieser Nacht neben seiner Frau lag –, die übrigens Sandra hieß und, nebenbei bemerkt, gar nicht so übel war, das muss an dieser Stelle auch einmal gesagt werden, aber wenn man sexuell verschmäht wird, egal ob Frau oder Mann, und das über Jahre hinweg, so kann einem das auf Dauer doch erheblich das Gemüt einschrumpeln, und attraktiver macht es einen auch nicht, das muss man der jungen Dame ganz klar zugutehalten. Sinnliche Wollust treibt einen in solche Arme, die massige Statur, der robuste Körper mit dem muskulösen Nacken, auf dem sich ganz feine Schweißperlen bilden, wenn der Kerl sich über sein Mofa beugt, um mit ölverschmierten Händen eine Schraube festzuzurren; das zieht einen an und regt einen auf, so sehr, dass man sich die Kleider vom Leib reißen will und sich an diesen fremden, männlichen Körper drücken. Viel mehr wird sich damals nicht abgespielt haben in ihrem Hirn, denn Sandra war ein natürliches Mädchen, man könnte auch sagen, eine simple Natur, mit langen schwarzglänzenden Locken und allem am Leib, was ein Siebzehnjähriger braucht, um in Fahrt zu kommen; und das kamen sie beide, hemmungslos, schnell und ohne sich dabei überflüssige Gedanken zu machen. Und dabei hätte es bleiben können, trotz Vernunftehe, wenn nicht Fischer irgendwann die moralische Vorstellung entwickelt hätte, es sei nicht richtig, jemanden zu vögeln, den man nicht liebt. Bis dahin war Sandra ein hübsches samthäutiges Tierchen gewesen, das für Streicheleinheiten alles tat und bedingungslos treu war, sogar duldete, dass er es nicht war; erst der dauerhafte Sexentzug hatte sie zu der grauhäutigen, besenhaarigen Person werden lassen, die nun in der anderen Betthälfte schnarchte –, während der Bademeister also mal wieder nicht mit seiner Frau schlief, sondern stattdessen von einer Zukunft ohne sie und außerhalb Maulheims träumte, brach Sebastian beinahe lautlos in sein Büro ein. Prinz, der wachsame Schäferhund, stand schwanzwedelnd dabei.

My Home is my Castle

»Terrassentag!«, strahlte von Stelten und klappte die Handflächen seitlich nach oben, als ob er zwei Teetassen balancierte. »Am Samstag ist es wieder so weit, und ich werde mir das Highlight des Sommers nicht von Ewalds Trotzurlaub verderben lassen.«

Frau Jasmin ließ sich in einen der Korbstühle am Glastisch fallen und seufzte: »Ach, Richard.«

Aber der war schon nach drinnen verschwunden, um Getränke aus der Küche zu holen.

Zu der großzügigen Architektur der Sechzigerjahre-Villa, die für von Stelten die vollkommene Verkörperung des Westens darstellte, weswegen er ihr damals auch im selben Augenblick, da er sie entdeckt hatte, verfallen war, gehörte ein weitläufiger Garten, dessen Pflege beinahe jedes Wochenende der netten Familie Hubert gekostet hatte. Nach deren Auszug stellte der Graf, obwohl er sich das nicht wirklich leisten konnte, einen gutgebauten Gärtner ein und freute sich nun schon den dritten Sommer auf den ersten heißen Tag im Jahr. Denn an diesem würde der Gärtner sein Hemd ausziehen und die Sträucher stutzen. Frau Jasmin hatte letztes

Jahr mit Ewald und dem Grafen an dem schicken Glastisch gesessen und sich unwohl dabei gefühlt, eiskalte Cocktails zu schlürfen, während ein wildfremder Mann mit nichts am Oberkörper als groben Arbeitshandschuhen sich schwitzend ins Unterholz bückte. Was Marianne davon hielt, wollte sie ihrem guten Freund lieber nicht erzählen, aber es fing mit »Alters-« an und hörte mit »-tuntigkeit« auf.

»Jedes Jahr weist mich der darauf hin, dass man bestimmte Pflanzen im Frühjahr schneidet«, sagte der Graf atemlos, als er mit den vollen Gläsern zurückkam, »und ich antworte ihm jedes Mal: ›Ach, lassen Sie doch die jungen Triebe sprießen. Ich habe mich den ganzen langen Winter auf sie gefreut.‹ Und dann«, er machte eine dramatische Pause, während er sich in den gepolsterten Korbsessel sinken ließ, »werfe ich ihm einen ganz kleinen, kaum zu erkennenden, ach, was sag ich: Ich werfe den Hauch eines koketten Augenaufschlags in des Freiluftarbeiters Richtung, und der Tölpel wendet sich jedes Mal wortlos ab und schneidet die Hecken.«

»Wahrscheinlich hat er keine Lust auf einen frivolen Dialog mit einem alternden Homosexuellen«, sagte Frau Jasmin trocken.

»Sieglinde, du hast keinen Spaß im Leben.«

»Findest du das, was ihr da jedes Jahr veranstaltet, nicht ein bisschen entwürdigend?«

»Für uns oder für den Gärtner?«

»Für beide!«

»Weißt du«, antwortete von Stelten genüsslich und setzte sich mit einer eleganten Handbewegung den hellen Strohhut auf, »ich finde, dafür, wie viel ich ihm die Stunde zahle, sitze ich gute zehn Meter zu weit weg. Und um meine und Ewalds Würde brauchst du dir keine Gedanken zu machen. Wir haben großen Spaß, den wir uns gern ein bisschen Würde kosten lassen. Wer weiß, wie lange wir noch in der Lage sind, das Leben zu genießen, und inzwischen feiern wir, dass uns noch gefällt, was wir sehen. Nun ja, diesmal feiere ich eben ohne Ewald. Bleibt mehr für mich.« Er grinste.

»Vögel, die morgens singen, holt am Abend die Katze«, sinnierte Frau Jasmin.

»Was soll das denn bitte heißen?«, fragte Richard.

»Das soll heißen, dass du manchmal recht arglos deinen Charme in die Gegend verspritzt, ohne über die Folgen nachzudenken.«

»Meine liebe Siggi: Was sich bei dir anhört wie Inkontinenz nennt man unter Menschen, die das Leben genießen, ›flirten‹. Es hält jung, es macht Spaß, und es ist vollkommen harmlos.«

»Fragt sich nur, ob deine Flirtopfer das genauso genießen wie du.« Frau Jasmin ließ die Eiswürfel in ihrem Glas klirren.

Der Graf stellte sein Getränk betont langsam ab und fragte mit spitzem Mund: »Wie darf ich das verstehen?«

Frau Jasmin schnaufte. »Ich finde einfach, jemand wie du sollte etwas vorsichtiger sein.«

»Jemand wie ich?«, von Stelten wurde schrill.

»Richard, der Mann ist dein Angestellter! Du bist sein Boss! Ihr steht in einem Abhängigkeitsverhältnis! Du stürzt dich immer auf Leute, die dir geistig unterlegen sind, so wie bei dieser Yvonne. Das arme Mädchen weiß doch gar nicht, worauf sie sich da eingelassen hat. Du solltest nicht, um dich an Ewald zu rächen und dich wieder ›lebendig‹ zu fühlen, auf den Gefühlen anderer Leute rumtrampeln. Wir reden hier von Menschen, Richard, nicht von Spielfiguren.«

Von Stelten fasste sich wieder und trank einen Schluck. »Bist du fertig mit deinem Rundumschlag?«, fragte er, während er sein Glas zwischen sich und seine älteste Freundin stellte. Frau Jasmin sah von ihm weg auf die gegenüberliegenden Berge. »Yvonne hat geahnt, dass du so reagieren würdest«, fuhr er fort. »Sie ist eine gute Menschenkennerin und ein wirklich liebes Mädel. Als ich ihr von deinen Sticheleien erzählt habe, hat sie dich sofort verteidigt. ›Deswegen kaufe ich so gern bei Frau Jasmin ein‹, hat sie gesagt, und dabei trug sie übrigens ein ganz reizendes taubenblaues Hütchen mit einer weißen Filzprimel: ›Sie sieht die Menschen, die zu ihr in den Laden kommen, nicht nur als Kunden.‹«

»Du redest mit ihr über mich?«

»Du redest ja auch mit mir über sie.«

»Das kannst du ja wohl nicht vergleichen.«

»Wieso? Weil ›jemand wie ich‹ nur *eine* weibliche Freundin haben darf?«

»Ach, Richard«, Frau Jasmin lehnte resigniert den Kopf an die Rückenlehne. »Ich will mich nicht mit dir streiten. Vergiss, was ich über den Gärtner gesagt habe. Vielleicht rege ich mich nur wegen der Geschichte von Wolfgang so auf.«

»Ja, eine üble Sache«, sagte von Stelten. »Aber glaub mir, ich weiß wie das ist, wenn fremde Menschen Macht über dich haben.« Er lüpfte den Hut und fuhr sich mit der Hand durch die dichten weißen Haare. »Und Yvonne ist eine erwachsene Frau, die mit offenen Augen durch die Welt geht. Ich glaube, du unterschätzt sie.«

Halten wir doch einen Moment inne, um darauf hinzuweisen, dass die vielleicht versöhnlich gemeinte Bemerkung ›Ich glaube, du unterschätzt sie‹ Frau Jasmin doch arg zusetzte. Jedenfalls wiederholte sie die Worte mehrmals, als sie Sebastian von der Unterhaltung mit von Stelten berichtete, und fragte: »Heißt das, ich bin doofer als Madame Literaturübersetzerin, weil ich nur Obst und Gemüse abwiege?« Und in der Tat muss ich mich hier auf die Seite der Fruchtvertickerin stellen, denn was Yvonne und ihre offenen Augen anging, täuschte sich der Graf gewaltig. Anscheinend unterschätzte er eher sich selbst. Er war groß. Er war breitschultrig. Er trug im Sommer helle Anzüge und einen akkurat gestutzten weißen Schnurrbart, passend zum üppigen Haupthaar. Sein Teint war leicht gebräunt, er hatte stahlblaue Augen und immer noch volle, sinnliche Lippen. Er verkörperte genau die Sorte altmodischer Gentleman, auf die Yvonne alle ihre Sehnsüchte projizierte: väterlicher Freund, intellektueller Weggefährte und Prinzenreiter. Drei Dinge auf einmal. Also so etwas wie ein männliches Überraschungsei. Nur dass Yvonne keine Überraschungen mochte. Sie hatte zwischen dem elften und dem sechzehnten Lebensjahr eine konkrete Vorstellung davon entwickelt, was in einem Mann drinstecken sollte, und diese bis ins Erwachsenenalter gegen jeden aufkommenden Realitätssinn verteidigt, ja noch verfeinert. Folgerichtig benahm sie sich, wenn sie jemanden auserkoren hatte, wie ein Kind: Was sie nicht sehen wollte existierte nicht. Schließlich hatte sie ihr ganzes Taschengeld dafür ausgegeben, endlich eines dieser siebten Eier zu bekommen, in dem die von ihr ersehnte Figur steckte.

Auf der Terrasse bei von Stelten klingelte Frau Jasmins Handy. Nach einigen »Ach du jes«, »Ahas« und »Okays« legte Sieglinde auf und sagte: »Das war Wolfgang. Er sagt, jemand sei in sein Büro eingebrochen beziehungsweise in den Schrank in seinem Büro. Die Tür mit dem BKS-Schloss ist unversehrt, daher hat er es erst gar nicht bemerkt. Er meint, so eine Tür kann man ganz locker mit einer Scheckkarte öffnen, aber am Schrank wurde das Vorhängeschloss aufgebrochen.«

»Wieso sollte jemand den Schrank im Büro vom Schwimmbad aufbrechen?«, fragte von Stelten.

»Ja, das finde ich auch merkwürdig«, antwortete Frau

Jasmin und hievte die in Stoff eingewickelte Spieluhr aus ihrer Tasche auf den Tisch, »es konnte doch keiner wissen, dass die hier da drin war.«

»Vielleicht nur ein Zufall«, der Graf zuckte mit den Schultern, »ein Bubenstreich. Wir sind früher auch ins Schwimmbad eingestiegen.« Er wickelte vorsichtig die Spieluhr aus dem Stoff. »Oh, das ist aber ein schönes Stück«, sagte er und begann, sie von allen Seiten zu betrachten.

Wie ein Fremdkörper stand das tiefblau glänzende Kästchen mit der Engelsfigur nun auf von Steltens Gartentisch neben zwei großen Gläsern mit Bitter Lemon auf Eis.

»Also: Wolfi ist fest entschlossen, das Ding zu Geld zu machen. Er hat aber Angst, dass jemand das Familienwappen im Deckel erkennt.«

»Selbst wenn«, wandte der Graf ein, »das heißt ja nicht, dass sie den Coburgs gestohlen wurde. Genauso gut können sie sie irgendwann verkauft haben.«

»Wieso sollten sie sie denn verkauft haben?«

»Oder getauscht. Nach dem Krieg. Gegen Kartoffeln.«

»Die Coburgs hatten mehrere Hektar Ackerland.«

»Dann eben gegen etwas, was sie nicht hatten.«

»Die hatten nichts nicht.« Frau Jasmin stutzte kurz über ihre eigene Formulierung.

»Aber die Spieluhr haben sie trotzdem verloren. Und zwar nicht durch Diebstahl«, beharrte der Graf.

»Na ja«, widersprach Frau Jasmin, »jetzt schon.«
»Aber das weiß doch der Antiquitätenhändler nicht!«
»Darauf will ich ja hinaus, Richard.«
»Worauf denn, Siggi, um Himmels willen?«
»Na, es kann doch sein, dass einer von den Coburgs das Ding im Antiquitätengeschäft entdeckt und dann behauptet, es gehöre seiner Familie.«
»Wie will er das denn beweisen?«
»Na, das will ich eben von dir wissen. Wie ist das denn in Adelsfamilien? Hat man da ein Verzeichnis über den Familienschmuck? Vielleicht ein Buch, ein Register oder so was, wo alles aufgelistet wird, so was wie eine Inventarliste?«

Von Stelten zuckte mit den Schultern.

Frau Jasmin ließ nicht locker: »Wie ist das denn in deiner Familie? Gibt es da so was? Jetzt hilf mir doch mal 'n bisschen.«

Der Graf vermied ihren Blick, als er antwortete: »Ich kann dir nicht helfen.«

»Willst du mir jetzt sagen, es gibt darüber eine adelige Schweigepflicht?«

»Ich bin nicht adelig.«

»Wie meinst du denn das? Haben sie dich ausgeschlossen? Kann man sich da exkommunizieren lassen? Ich mein, das ist doch kein Verein, wo man so einfach ein- und austreten kann.«

»Eben.«

»Richard, was willst du mir eigentlich sagen?«

Der Graf machte eine wegwerfende Handbewegung. »Du weißt doch, wie das war, als wir jung waren. In der DDR war das genauso. Nur schlimmer. Ich hab mich nie verstecken wollen. Und ich hatte Glück. Ich bin nie verprügelt worden oder offen angestänkert. Aber Witzchen haben sie gemacht. Und Bemerkungen. Jeder noch so piefige kleine Hauswart hat sich herausgenommen, uns schief anzukucken. Als ich '84 mit Ewald in den Westen bin, wollten wir frei sein und stolz. Das Erste, was wir gemacht haben, war alle Orte zu besuchen, die wir als Kinder im Westfernsehen gesehen hatten. Und dann standen wir am Wolfgangsee an einer Hotelrezeption, und der Mensch hinter dem Tresen sah uns an, als ob wir ihm die Krätze ins Haus tragen würden. Siggi, ich hatte diesen Blick so satt. Diese arroganten Schnösel, die dich abfällig behandeln, die dir das Gefühl geben, dich schämen zu müssen. Er hat uns absichtlich nicht angesehen. Abweisen konnte er uns nicht, also hat er deutlich angewidert das Gesicht verzogen und ohne den Kopf von seinem Buch zu heben gefragt: ›Name?‹ Da hab ich gesagt: ›Von Stelten‹, und zwar mit meiner Ostpreußischer-Offizier-Stimme. Und es hat gewirkt! Man konnte richtig zusehen, wie er innerlich die Arschbacken zusammenkniff und Haltung annahm. Siggi, du glaubst nicht, wie viel anders es sich lebt, wenn die Menschen glauben, du seist etwas Besonderes.« Er lachte.

Frau Jasmin war platt.

»Heißt das, du hast deine sämtlichen Papiere gefälscht?«

»Nein, wieso? Ich hab einfach ›von Stelten‹ auf meinen Briefkasten geklebt. Und das war's. Seitdem steht das auf meinem Klingelschild. Mein Zeitungsabo läuft auf Ewald, c/o von Stelten, für alles Übrige hab ich ein Postfach. Meine Bankkonten führe ich übers Internet.«

»Du bist überhaupt kein Graf?«

»Für manche schon.«

»Wenn das Yvonne erfährt«, war das Erste, was Frau Jasmin dazu einfiel.

»Möchtest du einen Cognac?«, fragte von Stelten.

»Ein kaltes Bier wär mir lieber«, antwortete Frau Jasmin.

Die beiden alten Freunde saßen noch lange an diesem Abend auf der Terrasse. Nach dem ersten Schock fand Frau Jasmin, dass Richard sie wesentlich früher hätte aufklären müssen, und er antwortete, dass er ihr die Bürde dieses Geheimnisses nicht hatte aufladen wollen. »Außerdem«, sagte er, »fanden Ewald und ich es schick, dank der gräflichen Immunität endlich gesellschaftlich unantastbar zu sein.« Frau Jasmin fand es paradox, sich in einer Tarnung frei zu fühlen.

Über die Spieluhr wurde auch gesprochen, und von Stelten regte an, Yvonne einzuweihen. Schließlich sei sie aus der Großstadt und habe Kontakte in die Kunstwelt. Ihr Exfreund sei offenbar Antiquitätenhändler. Nach dem zweiten Hefeweizen willigte Frau Jasmin ein, unter der Voraussetzung, dass sie Marianne zu dem Treffen mitbringen dürfe, wohl in der Hoffnung, diese würde all die zynischen Kommentare von sich geben, die sie selbst versprochen hatte zu unterlassen.

»Ich sehe Yvonne ohnehin morgen«, sagte von Stelten.

»Was machst du denn immer mit ihr?« Frau Jasmin war inzwischen angetrunken genug, das zu fragen.

»Morgen zum Beispiel machen wir einen Ausflug in unsere schöne Landeshauptstadt: Wir shoppen, gehen ins Museum, und abends sehen wir Turandot auf dem Schlossplatz.«

»Wer ist Turandot?«

»Das ist eine Oper von Giacomo Puccini.«

»Ach, gib doch nicht so an«, frotzelte sie und tröpfelte sich beim Kippen des Halbliterglases ein bisschen Bier auf die Bluse.

Auch wenn sie jetzt ein bisschen die Gekränkte gab, glaube ich kaum, dass Frau Jasmin mit dem Grafen in die Oper gegangen wäre, wenn er sie gefragt hätte. Schließlich hatte sie viele Jahre lang jemanden mit Interesse für Kunst und Kultur an ihrer Seite gehabt und war mit ihm nicht ein einziges Mal in der Oper oder im Theater gewesen. Das hat mir Yvonne erzählt, und die wusste es von Frau Klammroth. Wir sprachen über Peter, den Mann, mit dem Frau Jasmin verheiratet war, zumindest auf dem Papier. Denn, wie mir Frau Klammroth dann selbst berichtet hat, war das ja wohl eher eine Zweckheirat. »Frau Jasmin wollte eigentlich gar nicht heiraten«, hatte sie gewusst, in einem Ton, als sei das die Enthüllung des Jahres. »Frau Jasmin hat immer gesagt, sie sei glücklicher Single.« Und ihrer Meinung nach habe sie Herrn Jasmin nur auf dessen Drängen hin geheiratet. Da sei sie schon fünfzig gewesen. So sei die Hochzeitsfeier auch offiziell als Geburtstagsfeier von Frau Frahn gelaufen, wie die Obsthändlerin bis dahin geheißen habe. Feudal sei es zugegangen, im Saal vom Schwanen-Hotel, dem ersten Haus am Platze. Das habe sicher Herr Jasmin als Mann von Welt so arrangiert, hach, der sei schon ein stattlicher Mensch gewesen, auch eine gute Partie, um die sie so manch eine beneidet hätte. Deswegen habe die damalige Frau Frahn das auch nicht an die große Glocke hängen wollen.

Wie ich Frau Klammroth dazu gebracht habe, mir das alles zu erzählen? Wissen Sie nicht mehr? Freundlich lächeln und sehr direkt fragen: »Wieso die Heimlichtuerei?«

»Herr Jasmin war ja in seiner Firma ein hohes Tier«, antwortete Frau Klammroth mit hochgezogenen Augenbrauen, »und da wurde natürlich viel geredet. Und wissen Sie: Ich glaube, da ist auch was Wahres dran. Frau Jasmin hat mir einmal gesagt, sie und Peter seien nur gute Freunde. Das hat sie mir geantwortet, als ich sie auf den Kopf zu gefragt habe. Ich kenne sie ja noch aus der Zeit, als sie bei Dr. Schönholz gearbeitet hat. Die Leute haben sich das Maul zerrissen. Eine Sprechstundenhilfe und ein Aufsichtsrat! Aber wissen Sie, was ich glaube?«, die treue Stammkundin lehnte sich ein bisschen über den weißen Terrassentisch im Schwimmbad, »ich glaube, Herr Jasmin wollte sie beschützen.«

Und da lag Frau Klammroth tatsächlich nicht ganz falsch. Von anderer Seite habe ich erfahren, dass die beiden so etwas wie eine Wanderfreundschaft verband. Sie hatten sich eines Tages zufällig beim Spazierengehen getroffen und waren sich dann immer wieder auf denselben Waldwegen begegnet, bis sie begannen, sich zum gemeinsamen Wandern zu verabreden. Der Sonntag wurde zu ihrem festen Termin, an dem sie gemeinsame Ausflüge in die nähere Umgebung machten, und mit den Jahren entwickelte sich daraus eine enge, aber rein platonische Freundschaft.

Irgendwann war Peter dann mit der Idee angekommen, sie sollten heiraten, damit, falls ihm etwas passierte, seine Rente nicht verfiele. Die meisten Einwohner von Maulheim dächten sowieso, sie hätten ein Verhältnis, und er wolle die Firmenrente, die er niemandem vererben konnte, gesichert wissen. Als das in die Jahre gekommene Ausflugslokal »Waldcafé« schloss und dessen letzter Besitzer mit seiner Frau ins Altersheim umzog, erfüllte er sich seinen langgehegten Traum und eröffnete eine kleine schicke Lounge mit angeschlossenem Obst- und Gemüseladen, wo man an einer hellgrüngestrichenen Theke frischgepresste Säfte bekam.

»Das wird mein Rentnerprojekt«, sagte er und versprach, seinen seit geraumer Zeit angekündigten Austritt aus der Firma noch im selben Jahr anzugehen. Bis dahin stellte er eine Studentin hinter den Tresen und setzte Sieglinde, die mit der Schließung der Praxis von Dr. Schönholz ihren Job als Arzthelferin verloren hatte, als Geschäftsführerin ein.

Nach dem Herzinfarkt ihres Ehemanns stellte Frau Jasmin dann fest, dass Erben eine äußerst unerfreuliche Sache sein kann, wenn eine giftige Exfrau, die auf ihren Alimenten besteht, und ein missgünstiger Bruder, der nicht glauben will, dass es kein Testament gibt, ihre übereifrigen Anwälte von der Leine lassen.

Da Frau Jasmin weder Geld noch Nerven für einen langwierigen Rechtsstreit hatte und Ehrgeiz und Verbissenheit keine ihrer Charaktereigenschaften waren, einigte man sich relativ schnell darauf, dass sie den Laden behalten durfte, wenn sie auf alles andere verzichtete. Obwohl sie vorher keinerlei Leidenschaft für das Obst- und Gemüsewesen gehegt hatte, beschloss Frau Jasmin, die nicht besonders gutgehende Saftheke zu schließen, aber den Laden in Peters Sinne weiterzuführen. Das heißt, sie wollte eigentlich das Gute, hantierte aber fortan mit Obst.

Wer mit dem Teufel frühstücken will, muss einen langen Löffel haben

Als sie den Steinpilz draußen am Schaufenster entlanggehen sah, verdrehte Frau Jasmin die Augen und dachte: ›Ein Apfel, eine Banane, ein paar Notizen und noch fünf Schalotten.‹ Aber diesmal betrat der dicke Mann mit der braunen Baskenmütze den Laden und sagte: »Schönen guten Morgen, Frau Jasmin.« Er hatte sie noch nie zuvor mit Namen angeredet.

»Guten Morgen, Herr ...«

»Kommissar Feinkorn«, sagte der Kugelbäuchige, schloss die Tür hinter sich und trat für seine Statur erstaunlich schwungvoll an den Tresen. Da Frau Jasmin offenbar zu überrascht war, um auf irgendeine Art zu reagieren, fingerte er seinen Dienstausweis aus der Gesäßtasche und hielt ihn vor sein prallgespanntes blauweißgemustertes Hemd. Frau Klammroth berichtete später, als sie pünktlich wie immer um zehn gekommen sei, habe sie Frau Jasmin mit offenem Mund an der Kasse stehen sehen, und der Kommissar habe, während er seinen Ausweis wieder wegsteckte, lächelnd gesagt: »Ich sehe, Sie haben nicht mit meinem Besuch gerechnet.«

»Doch, doch«, fing sich Frau Jasmin, »ich wusste nur nicht dass Sie ... worum geht es denn?«

»Das ist der neue Kommissar, von dem ich Ihnen erzählt habe«, platzte Frau Klammroth heraus.

»Und Sie sind?« Der Kommissar drehte sich freundlich in ihre Richtung.

»Klammroth, Isolde, ich bin hier Stammkundin.«

Frau Jasmin, der das verbale Strammstehen ihrer Kundin etwas peinlich war, lenkte die Aufmerksamkeit des Kommissars wieder auf sich: »Womit kann ich Ihnen helfen?«

»Ich möchte Sebastian von Coburg sprechen.«

»Wen?« Frau Jasmin taumelte offenbar von einer Schrecksekunde in die nächste.

Gut, dass Frau Klammroth da war, um ihr auf die Sprünge zu helfen: »Ich glaube, er meint Bastl, der immer im Lager arbeitet«, bemerkte sie beflissen und reckte das Kinn.

»Ich weiß, Frau Klammroth«, sagte Frau Jasmin mit einem Lächeln, das man sonst nur bei Demenzkranken anwendet, und an den Kommissar gewandt: »Ich wusste nur nicht, dass er von Coburg mit Nachnamen heißt.«

»Aber Sie haben den Namen schon mal gehört, nicht wahr?«, stellte Feinkorn fest.

»Ja, den hat hier wohl jeder schon gehört.«

»Jeder!«, bestätigte Frau Klammroth.

»Ist er da?«

»Wer?« Frau Jasmin war nicht bei der Sache.

»Herr von Coburg«, sagte der Steinpilz.

»Nein«, antwortete sie, »er ist heute nicht zur Arbeit gekommen.«

Doch damit sollte sie unrecht haben, denn Sebastian war keine zwei Minuten vorher durch die hintere Eingangstür geschlüpft und belauschte die Unterhaltung vom Lager aus. Ich persönlich bin ja mehr fürs direkte Ausfragen, aber Sebastian war der Meinung, es sei sicherer, im Verborgenen zu agieren. Der Gang durch die Behörden, die unsichere Aussicht auf eine Grabegenehmigung auf öffentlichem Grund war ihm zu langwierig gewesen. Womöglich hatte die Stadt mit dem Kauf des Stück Landes auch alles erworben, was sich in dessen Boden verbarg. Und er wusste, wie die Dollarzeichen in den Augen der Menschen aufleuchteten, wenn man den Namen von Coburg erwähnte. Er wollte das auf seine Art erledigen: unauffällig und auf dem kürzesten Weg.

Man hat ja gesehen, wohin das führte.

»Wissen Sie, wo er sich aufhält?«, fragte Kommissar Feinkorn.

»Also, nachts schläft er wohl ab und zu im Schwimmbad«, sagte Frau Jasmin, die vor Frau Klammroth nicht so tun konnte, als wisse sie davon nichts. »Das ist ja nur vorübergehend –«

»Das hat uns Herr Fischer schon erzählt«, unterbrach er sie, »darum geht es nicht. Könnten Sie ihm ausrichten, dass ich hier war, wenn Sie ihn sehen?«

»Natürlich«, brachte Frau Jasmin hervor.

»Es wäre schön, wenn Sie heute oder morgen auf der Wache vorbeikommen könnten«, sagte er und überreichte ihr eine Visitenkarte.

»Das ist ganz schlecht«, antwortete sie, »ich kann den Laden nicht alleine lassen.«

»Dann komme ich später noch mal, wenn Sie Mittagspause machen. Um zwei, ginge das? Das wäre dann genau nach meiner Mittagspause, es dauert auch nicht lange.«

»Kein Problem!«, sagte Frau Jasmin überfreundlich.

»Vielen Dank«, erwiderte Feinkorn, fasste sich mit Daumen und Zeigefinger an die Baskenmütze und drehte sich Richtung Ausgang.

Frau Klammroth stammelte: »Au, ich hab meinen Geldbeutel zu Hause liegen lassen«, und heftete sich an seine Fersen, entweder um mit ihm ins Gespräch zu kommen oder um die Neuigkeit schnellstmöglich unter die Leute zu bringen.

Frau Jasmin griff zum Telefon und rief Wolfgang Fischer an.

»Ich bin's, Siggi«, hörte Sebastian sie von seinem Versteck aus sagen.

»Ja. Er ist grade gegangen. Sag mal, wieso hast du ihm von Bastl erzählt?«

»Nein, das hab ich nicht gewusst. Woher wissen die es?«

»Ein anonymer Hinweis? Von wem denn?«

»Nein, natürlich nicht, ich bin schon ganz durcheinander.« Sie schnaufte. »Wolfi, glaubst du, er weiß von der Spieluhr?«

»Ich hab schon mit Richard gesprochen. Wir treffen uns morgen um sieben bei ihm.«

»Das wird sich nicht vermeiden lassen.«

»Sei nicht so streng mit ihm. Es wird keiner ein Koch, ohne ein paar Suppen zu versalzen.«

Als ich am nächsten Abend um halb sieben an der Imbissbude beim Stadtpark stand und mir gerade überlegte, wie ich es anstellen könnte, der verschworenen Gemeinschaft, der hoffentlich auch Yvonne angehören würde, über den Weg zu laufen, um mich dezent als Antiquitätenfachfrau ins Spiel zu bringen, stellten sich Marianne Berg und Frau Jasmin neben mich an den weißen Wagen und bestellten zwei Mal Pommes ohne alles. ›Den Seinen gibt's der Herr im Schlaf‹, dachte ich und einen Augenblick später: ›Jetzt denke ich schon wie eine Obsthändlerin.‹ Ich stellte mich mit meiner Selters an die Seite an einen Stehtisch und wandte mich ein wenig ab.

»Das Spargelmädchen kommt auch«, hörte ich Frau Jasmin sagen.

»Wieso eigentlich Spargel?«, fragte die Berg.

»Weiß nich, weil sie irgendwie farblos is und kompliziert.«

»Spargel, hm?«

»Ja.«

»Möcht ich nich jeden Tag haben.«

»Eben.«

»Hast du mich auch eingeteilt in deine Obst- und Gemüsekiste?«

»Quatsch«, sagte Frau Jasmin kauend, und ich dachte: ›Wieso nicht?‹ Mir wäre sofort etwas zu ihr eingefallen. Natürlich durfte man nicht davon ausgehen, was man jetzt sah: Eine unvorteilhaft gealterte Schönheit mit einer Figur, die bei einer jungen Frau wohl zart genannt werden konnte, an ihrem über fünfzigjährigen Körper jedoch eher ausgezehrt wirkte. Ihr vom Kettenrauchen schlecht durchblutetes und um die Mundwinkel verknittertes Gesicht mit dem dichten, nach Prinz-Eisenherz-Manier geschnittenen dunkelbraunen Haar und dem bis über die Augenbrauen hängenden Pony ließ sie müde und zerbrechlich wirken. Aber ich konnte ihr ansehen, dass sie einmal gefährlich gewesen war.

Also Obst. Marianne Berg war bestimmt eine Kirsche gewesen. Perfekte Form, konzentrierter Inhalt. An ihrer glatten, tiefroten Oberfläche hatten sich in ihren Teenagerjahren sicher viele junge Männer gespiegelt. Und nicht wenige davon waren wohl ziemlich überrascht, wenn sie beim kräftigen Hineinbeißen auf einen kleinen, aber sehr harten Kern stießen.

Marianne Berg war eine von den Frauen, die einen einmal eingeschlagenen Weg nicht mehr verlassen. Und zwar nicht, weil sie ein so großes Stehvermögen haben, sondern weil sie sich an irgendetwas festhalten müssen. Ich persönlich kann mir gut vorstellen, dass Marianne

Berg ihre Frisur nicht mehr geändert hat, seit sie mit siebzehn beim Schüleraustausch in Frankreich das Rauchen angefangen hatte, um in die Schwarze-Rollkragen-Fraktion irgendeines Alain oder Fabien aufgenommen zu werden, dem fünf Jahre älteren Bruder der langweiligen Austauschpartnerin Nathalie, der in Paris studierte und den ganzen Tag Pastis trank und Gitanes rauchte. Über solche Frauen sagt man dreißig Jahre später: »Sie hat sich überhaupt nicht verändert«, und das ist erstens traurig und zweitens gelogen.

»Wieso lassen wir Richard eigentlich in dem Glauben, er könnte kochen?«, sagte sie jetzt zu Frau Jasmin.

»Sagt eine, die sich ausschließlich von Mikrowellengerichten ernährt«, spottete diese.

»Tust du doch auch«, gab Berg zurück.

»Ich mecker auch nicht an anderer Leute Essen herum.«

»Aber du gehst jedes Mal mit mir vorher zur Pommesbude, damit du behaupten kannst, du hättest nicht viel Hunger.«

»Ist auf jeden Fall nicht gelogen.« Frau Jasmin schob sich noch zwei Pommes in den Mund. »Außerdem benutz ich die Mikrowelle nur im Laden.«

»Und wer bist *du*?«, fragte Marianne Berg.

Ich lugte vorsichtig um die Ecke, um zu sehen, wer da neu angekommen war. Marianne sprach mit einer Wespe, die sich auf ihre Plastikgabel gesetzt hatte. Schau an, Frau Berg war also eine Insektenbeschützerin. Eine, die jeden Weberknecht mit Hilfe einer Postkarte und eines darübergestülpten Glases einzeln nach draußen beförderte. Sie redete auf Bienen ein, die sich kreiselnden Flugs in ihr Wohnzimmer verirrt hatten, und dirigierte sie geduldig mit den sanften, leicht ausufernden Bewegungen eines beschwipsten Fluglotsen nach draußen. Ein Draußen, das sich von Durchsicht zu Durchsicht weiter von ihr entfernte. »Durchsicht« nannte sie die Zeit von November bis April, in der die Sträucher vor ihrem Fenster nicht belaubt waren und sie bis rüber zu der Backsteinkirche sehen konnte, deren spitzer Turm sie wie ein erhobener Zeigefinger jeden Tag an ihre verpasste Chance erinnerte. Ein blasser, hohlwangiger Junge mit großen Augen und Pferdeschwanz hatte sie dort heiraten wollen, als sie zwanzig war. So wurde es mir zugetragen. Sie hatte ihr Abitur in der Tasche und jobbte als Volontärin beim Maulheimer Tagblatt. Aber das war nur vorübergehend, bis sie genügend Geld für ihren Start in Paris zusammenhätte. Wozu sollte sie, wie ihre Mitschüler, in die nächste Großstadt ziehen, um zu studieren, den vorgezeichneten Weg einer Akademikerkarriere gehen? Marianne konnte und wollte sich nicht für irgendein Studium entscheiden. Linguistik studieren, nur weil sie gut in Sprachen war? Sie wollte über eine bürgerliche Existenz hinauswachsen, vielleicht sogar Existentialistin werden. Ihren Geist öffnen. Wieso sollte sie sich nach der Schule gleich wieder in eine diesmal lebenslange Tretmühle einsperren lassen? Persönlichkeitsentfaltung war doch in einem Hochschulstudium in Deutschland überhaupt nicht möglich. Gottfried – ja, der junge Mann muss unbedingt Gottfried geheißen und hellwache, treue Augen gehabt haben –, Gottfried, der über eins neunzig große, ungelenke Junge, hatte Angst, sie würde ihm davonfliegen, und sagte: »Scheiß drauf, ob es spießig ist. Ich liebe dich, und ich will dich mein Leben lang um mich haben. Lass uns was machen, was sich keiner traut! Komm, wir heiraten in der Kirche!«

Und was hatte Marianne getan? Ihm den Vogel gezeigt und gelacht. Bis sie erkannte, dass er es ernst meinte. Und das tat sie auch. Ja, sie liebte Gottfried. Aber zuerst wollte sie die Welt sehen. Und dafür brauchte sie Startkapital. Der Job beim Käseblatt machte ihr Spaß. Es zog sich hin. Sie fraß sich fest. Gottfried zog nach Köln, studierte Fotoingenieurwesen, schnitt sich den Zopf ab und wurde Medienmogul. Und wenn sie heute die endlosen, deprimierenden Armeen von roten Clownsperücken des Kölner Karnevalsumzugs im Fernsehen sah, stellte sie sich vor, er säße in einem dunklen Regieraum und sendete die verzerrten Fratzen absichtlich zu ihr ins Wohnzimmer.

»Einen Kümmerling!«, hörte ich sie jetzt bestellen.

»Du trinkst Schnaps an der Imbissbude?«, stichelte Jasmin.

»Das ist 'n Magenbitter. Und seit wann machst du

eigentlich die Regeln, wann man was wo trinken darf, kann mir das mal jemand erklären?« Sie schraubte das kleine Deckelchen auf und kippte sich den Inhalt des Fläschchens in den Hals. »Apropos Verhör: Was wollte der Bulle denn von dir?«

»Eigentlich nichts Besonderes«, antwortete Frau Jasmin. »Er hat mich gefragt, wann ich Sebastian das letzte Mal gesehen habe und ob er bei mir einen Raum hätte, in dem er seine Sachen aufbewahrt.«

»Pffh«, machte Marianne Berg, »da hätte ich aber ganz andere Fragen gestellt: Wieso bricht jemand, der aus einer so reichen Familie stammt, einen Spind im Büro des Bademeisters auf? Wieso kennen Sie den Nachnamen Ihres Angestellten nicht? Wieso schicken Sie einen untergetauchten Verbrecher, um Ihrer besten Freundin einen Obstkorb bringen zu lassen?«

»Ich glaube nicht, dass Bastl bei Wolfgang eingebrochen hat.«

»Nein, das war bestimmt ein anderer Einbrecher, der nur mal den Büroschrank eines Bademeisters besichtigen wollte.«

»Darüber hat sich der Kommissar auch gewundert, aber das Gute ist: Da nichts gestohlen wurde, wird er seine Untersuchung relativ schnell einstellen.«

»Was ist denn daran gut?«

»Ach, ich weiß auch nicht. Ich möchte einfach, dass wir das Ding so schnell wie möglich wieder loswerden und alles wieder wird wie vorher.«

Da war ich absolut einer Meinung mit Frau Jasmin und ging, die Imbissbude im Rücken, in den Stadtpark. Ich hatte genug gehört.

Marianne Berg und Frau Jasmin trafen sich kurz darauf bei von Stelten mit Wolfgang Fischer und Yvonne, die sehr stolz darauf war, dass man sie zu Rate zog. »Ich kann meinen Exfreund fragen, damit wir gleich jemanden finden, der sich mit so was auskennt. In der Großstadt gibt es ja an jeder Ecke einen Antiquitätenladen, die wollen wir doch nicht alle abklappern«, hatte sie bereitwillig angeboten. Sie erinnerte sich außerdem an eine kleine Frau mit einer auffälligen Sonnenbrille, die sie im Schwimmbad kennengelernt hatte, die Kunsthändlerin sei und sehr sympathisch, die könne sie auch mal fragen.

Es wird Sie sicher nicht überraschen zu lesen, dass ich die mysteriöse Frau mit der weißen Brille bin. Und natürlich war ich es auch, die der Polizei den anonymen Hinweis auf Sebastians Herkunft gab. Das haben Sie als gewiefter Leser sicher längst bemerkt, nicht wahr? Wahrscheinlich fragen Sie sich aber, wieso ich so viel Mühe darauf verwandt habe, mich im Hintergrund zu halten, beziehungsweise ob und was ich im Schilde führte? Alles zu seiner Zeit, wie Frau Jasmin sagen würde, und zum jetzigen Zeitpunkt nur so viel: nichts Verwerflicheres als die meisten anderen in unserem kleinen Maulheimer Mogelkreis.

Auf fremdem Arsch ist gut durch Feuer reiten

Als Yvonne mich eine Stunde später anrief und erzählte, dass sie jemanden suche, der sich mit Spieluhren auskenne, ließ ich keinen Zweifel daran, dass sie bei mir an der absolut richtigen Adresse war. Zuerst hieß ich sie nachsehen, ob sich im Innern des Kästchens eine mit kleinen Stiften besetzte Walze und ein daran anliegender Metallkamm oder eine runde Lochplatte befanden. Sodann klärte ich sie darüber auf, dass Metallkämme neben Pfeifen zu den ersten Klangerzeugern gehörten, die in Musikautomaten Verwendung fanden und dass der Metallkamm als Tonquelle um 1796 vom Schweizer Uhrmacher Antoine Favre in Genf erfunden wurde. Interessant sei dabei, dass die ersten Spielwerke mit Metallkamm in Taschenuhren eingebaut wurden, wodurch die Bezeichnung »Spieluhr« entstand. In der Folgezeit habe sich in der Schweiz eine sehr erfolgreiche Spieluhrenindustrie entwickelt, die insbesondere im Genfer Raum angesiedelt war. Aus einfachen Spielwerken mit Kämmen, die weniger als zehn Zähne hatten, wurden Wunderwerke der Feinmechanik, die in kostbare Gehäuse eingebaut und als Spieldosen bezeichnet wurden. Da mir eine Messingplatte am Boden beschrieben wurde, grenzte ich das Entstehungsjahr zwischen 1820 und 1870 ein; um es genau datieren zu können, müsse ich das Stück natürlich sehen.

Sie sind überrascht von so profunden Kenntnissen? Zumindest bei so einer wie mir? Was glauben Sie eigentlich, was ich gemacht habe, während Sebastian Quadratmeter für Quadratmeter den nächtlichen Schwimmbadrasen abgesucht und Einkaufsgespräche verfolgt hat? Verzeihen Sie mir den etwas rüden Ton, aber als ich mich entschloss, einem zehn Jahre jüngeren Bonvivant um die halbe Welt zu folgen, hatte ich mir nicht vorgestellt, zwei Monate lang in einem Neben(!)ort von Maulheim festzusitzen, und wurde allmählich ungeduldig. Für das Nachschlagen der paar Fakten im Internet hatte ich nicht mal zwei Stunden gebraucht. Und da ich mit aufgeklapptem Notebook telefonierte, musste ich das Zeug nicht mal auswendig lernen. Yvonne konnte es gar nicht erwarten, ihrem neuerworbenen Freundeskreis die Lösung des Problems zu präsentieren, und ich war kurz davor, mein moosgrüntapeziertes Pensionszimmer zu verlassen, um als Spieldosenexpertin in die von Stelten'sche Villa zu eilen, als sie plötzlich rief:

»Richard!«

Dann hörte ich ein diffuses Gerumpel, wie von geschobenen oder umfallenden Stühlen, und einen dumpfen Knall, so als ob ihr das Handy auf den Teppich gefallen wäre. Ich konnte nur erahnen, was sich dort im Wohnzimmer abspielte.

»Ruf einen Krankenwagen«, hörte ich eine etwas entfernte Frauenstimme gefasst sagen.

»O Gott, Richard, so sag doch etwas«, Yvonne klang verzweifelt, »Richard! Hörst du mich!?«

»Ruft einen Krankenwagen«, wiederholte die erste Stimme immer noch ruhig.

Yvonne fing an zu schluchzen.

»Marianne, gib mir die Kissen rüber!« Das musste Frau Jasmin sein, sie klang hektisch: »Lassen Sie los, Yvonne, wir müssen sein Hemd aufmachen! Wo ist Ihr Handy?«

»Herrgott nochmal«, ranzte die erste Stimme jetzt nah am Hörer.

Die Verbindung riss ab.

Re: Tach Kollege

Tach zurück,

und was den Einarbeitungsstress angeht, kann ich Entwarnung geben. Das Fachwerkhaus, in dem hier mein Schreibtisch steht, sieht eher aus wie ein Heimatmuseum als wie eine Polizeidienststelle, und es ist auch ungefähr so gut besucht. Was erklärt, wieso ich während einer ausgedehnten Mittagspause unter strahlend blauem Himmel im Schatten sitzen und private E-Mails schreiben kann. Das Aufregendste, was in der letzten Woche passiert ist, war ein Einbruch im örtlichen Schwimmbad, und da ist nicht mal was gestohlen worden.
Dafür habe ich einen netten kleinen Laden entdeckt, der sich hervorragend für unser Projekt eignet. Kannst schon mal anfangen, das Deck zu schrubben. Ich glaube nicht, dass du meinen Vorsprung noch einholen kannst.

Mach's gut und immer eine Handbreit Wasser unterm Kiel,

Sven

PS: Danke für den Tipp mit den Schalotten!

Nach der Sache mit dem Grafen wurde es still im Laden von Frau Jasmin. Frau Klammroth sagte, es sei ein Jammer. Erst das Verschwinden von Sebastian und nun das! Frau Jasmin gefalle ihr gar nicht. Zwar behaupte diese, das sei ganz normal kurz vor den Sommerferien, wer kaufe denn, bevor er verreise, noch frische Lebensmittel ein. Aber sie, Frau Klammroth, kenne die Kundschaft und wisse genau, wer seit dem Unglück weggeblieben sei und wer von denen erst nächste Woche in Urlaub fahre. Und dass so eine hochstehende Familie wie die von Coburgs einen so faulen Spross hervorbringen könne! Wer denke denn an so etwas? Da könne man mal wieder sehen, dass Geld allein nicht alles sei. Ein guter Charakter sei viel wichtiger, und den gebe es eben nirgendwo zu kaufen. Ob die Familie den ungeratenen Sohn verstoßen habe? Möglich, gut möglich. Aber dass er sich dann ausgerechnet das Vertrauen von Frau Jasmin erschlichen habe, einer Frau, die wahrlich genug Kummer mit Männern gehabt hatte!

Eine Tragödie sei das, und es treffe doch immer die Falschen, sagte Frau Klammroth und legte sich dabei mit schmerzvoller Miene die Hand an den Hals. Es komme ja kaum noch einer von den alten Stammkunden, weil es den Leuten unangenehm sei, man könne ja nun doch nicht mehr so unbefangen miteinander plaudern.

Dass sie selbst nicht ganz unschuldig daran war, dass viele Stammkunden in letzter Zeit den Laden mieden, aus Unsicherheit darüber, wie sie sich Frau Jasmin gegenüber verhalten sollten, ließ sie außer Acht. Dabei war sie es gewesen, die im Schwimmbad den Kopf seitlich aus dem Wasser gereckt und jedem, der ihre Bahn kreuzte, zugerufen hatte, der ominöse Gehilfe von Frau Jasmin werde polizeilich gesucht. Das »Phantom« sei »untergetaucht«.

Einmal hatte sie ziemlich Wasser geschluckt dabei, weil der, den sie nur »das Schlachtschiff« nannten, eine Bugwelle vor sich herschiebend, keine zwei Meter von ihr entfernt das Becken durchkraulte. Hustend und röchelnd war sie an den Rand geschwommen und aus dem Becken gestiegen, woraufhin ihr mehrere der anderen Stammschwimmer folgten und sich um sie versammelten. Mit den Händen stützte sie sich auf die Oberschenkel und berichtete, noch ziemlich kurzatmig, der Zottelhaarige müsse irgendetwas ausgefressen haben, da nicht einmal Frau Jasmin eine Ahnung habe, wohin er verschwunden sei.

Über von Stelten wisse sie auch nichts Neues.

»Oh, oh«, machte ein fitter über Siebzigjähriger und schüttelte unheilvoll die Rechte, »da wird noch etwas auf uns zukommen.« Er kaufte jeden Morgen seine Zeitung bei einer Kioskfrau, deren Nichte im Krankenhaus arbeitete, und hatte so einiges in Erfahrung bringen können. Zum Beispiel, dass der gräfliche Mageninhalt jetzt toxikologisch untersucht werde. Man habe nämlich etwas ganz Sonderbares darin entdeckt.

»Was heißt denn toxikologisch?«, fragte jemand dazwischen.

»Das heißt, dass er vergiftet wurde«, zischte ein stattlicher Seehundschnauzbärtiger zurück.

»Was war das Sonderbare?«, fragte Frau Klammroth, die sich inzwischen wieder aufgerichtet hatte, und strich sich etwas Wasser vom Kinn.

»Ja«, der dünne, faltiggebräunte alte Herr mit der weißblauen Stoffbademütze lachte bitter auf, »das ist schon mehr als sonderbar«, sagte er bedächtig und beugte den hageren Oberkörper noch etwas tiefer in die kleine tropfende Runde: »Es war eine winzige Orange.«

»Eine winzige Orange«, wiederholte eine kleine dicke Silberhaarige verwundert und wickelte ihr großes rotes Handtuch über der welken, aber immer noch imposanten Brust etwas enger.

Der Bademützenträger hob den rechten Zeigefinger und enthüllte: »Sie war schwarz!«

Das war zu viel für die rüstige Runde. Nun stand endgültig fest, dass es sich um ein Verbrechen handelte. Als Frau Klammroth dann noch einfiel, dass dieser Sebastian hinten im Hof ein kleines Experimentiergewächshaus hatte, in dem er, wie Frau Jasmin ihr auf Nachfrage geantwortet hatte, versuchte, Mini-Orangen mit Brombeeren zu kreuzen, stand für alle außer Frage: Man musste den neuen Kommissar darüber informieren.

Man kam überein, dass Frau Klammroth als Botschafterin der aufrechten Stammschwimmertruppe nach oben geschickt werden sollte, auf die Terrasse, die am Ende einer schräganstiegenden Wiese lag.

Kommissar Feinkorn saß dort, wie des Öfteren seit dem Einbruch, an einem der weißen Plastiktische und tippte in sein pinkfarbenes Notebook. Frau Klammroth wusste nicht so recht, wie sie ihn ansprechen sollte. Er war der erste Kommissar, dem sie einen entscheidenden Tipp in einem Mordfall gab. Es schien ihr geboten, sich erst einmal bemerkbar zu machen, indem sie sich räusperte.

Er reagierte nicht.

Frau Klammroth bettete mit übertriebener Sorgfalt ihr großes blaues Handtuch über Sitzfläche und Armlehnen des Stuhls am Nebentisch, so als sei sie im Begriff, sich dort niederzulassen, und versuchte einen Blickkontakt, der daran scheiterte, dass der dicke Mann in Shorts und kurzärmeligem Hemd den kugelrunden Kopf stur nach vorn streckte, nah an den Bildschirm, der – wiewohl der Tisch im Schatten einer großen Kastanie stand – nur unzureichend leuchtete. Daneben lag Feinkorns braune Wildlederkappe zwischen einer halbleeren Tasse Cappuccino und einem ausgebeulten Geldbeutel.

Frau Klammroth entdeckte in der Hemdtasche des Kommissars das kleine grüne Notizbuch mit angeklemmtem Kugelschreiber und stellte sich allerhand grausige Morddetails in blauer Schrift darin vor. Nun musste sie zusehen, wie sie einen Weg in dieses kleine Büchlein fand. Die Informationen, die sie hatte, würde der Kommissar dann fortan direkt an seinem Herzen tragen.

Da er sie bislang nicht bemerkt hatte, ging sie noch einmal über die Wiese hinunter zu einer der Duschen am Beckenrand, wässerte ihren Wechselbadeanzug und kehrte mit dem tropfnassen Bündel auf die Terrasse zurück. Sie stellte sich wieder in Position, an den mit dem blauen Handtuch markierten Stuhl links des Kommissarentischs, und wrang mit überkreuzten Händen den Badeanzug aus. Als die kalten Tropfen an seine Waden spritzten, hob der Versunkene zuerst den Kopf und dann die Hände vom Notebook.

»Oh, Entschuldigung! Jetzt haben Sie ja eine Fußdusche bekommen.« Frau Klammroth war Profi.

»Macht nichts. Ist doch nur Wasser«, sagte der Kommissar und wischte sich mit den Zehen die Tropfen von der Wade.

»Also, dass so ein bisschen Stoff so weit spritzen kann!« Sie besah sich seine Beine.

»Ach, schon gut, ich bin ja nicht aus Zucker«, versuchte er abzuwehren.

»Ja, nicht wahr?«, sagte sie und beugte sich nah zu ihm herunter, als sei das von nun an ihr beider Geheimnis. »Aber man weiß ja nie, wie die Leute reagieren. Heutzutage muss man vorsichtig sein. Es gibt nicht nur nette Menschen auf der Welt, selbst in unserem kleinen

Maulheim.« Sie hielt kurz inne, um dem Kommissar Gelegenheit zu geben, so etwas zu sagen wie »Da haben Sie recht! Stellen Sie sich vor: Ich ermittle gerade in einem Giftmordfall!«. Da das nicht geschah, fasste sie sich mit betroffener Miene an die Brust und sagte mit Blick ins Notebook: »Jetzt hab ich Sie mitten aus der Arbeit gerissen.«

Feinkorn klappte das Pinkfarbene zu und erkannte wahrscheinlich im selben Augenblick, dass er damit das falsche Signal abgeschossen hatte.

»Sie sind immer so fleißig«, fuhr Frau Klammroth nun schwungvoll fort, »das haben wir schon oft gesagt. Wir sind ja alles Stammschwimmer. Da kennt man sich untereinander. Wir haben uns doch auch schon einmal im Obstladen getroffen, nicht?«

»Ja«, antwortete der Kommissar und schien in seinem Gedächtnis zu kramen, »Sie sind Frau …«

»Klammroth«, sie streckte ihm die rechte Hand hin und zog gleichzeitig mit der linken, die außerdem den nassen Badeanzug hielt, den behandtuchten Stuhl an seinen Tisch. »Also«, sie ließ sich in den Stuhl und den Badeanzug hinter das Notebook fallen, »wir Maulheimer freuen uns, dass wir so einen tüchtigen Kommissar haben«, sagte sie und bedeckte ihren Schoß mit den Handtuch-Enden. »Haben Sie sich denn schon ein bisschen eingelebt?«

»Ja, ja«, erwiderte er höflich.

»Als Norddeutscher muss man sich halt an die Berge

gewöhnen, oder? Ein Meer können wir Ihnen leider nicht bieten, aber unser Freibad ist doch auch ganz schön, nicht wahr?«

Feinkorn nickte und nahm einen Schluck von seinem lauwarmen Cappuccino. Nachdem er die Tasse abgestellt hatte, schwieg er und lächelte abwartend.

Frau Klammroth fasste sich ein Herz: »Also, ich muss Sie jetzt was fragen, ich habe da nämlich etwas gehört, und nun muss ich es einfach wissen, aber natürlich können Sie, wenn ich Sie gefragt habe, auch sagen, ich muss es nicht wissen.«

Wie sie mir nur wenig später im Halbdunkel des hinteren Umkleidebereichs zwischen der von winzigen Gucklöchern durchsiebten tiefbraunen Holzwand der Mädchen-Sammelkabine und dem Sanitätsraum berichtete, ging Frau Klammroth ab diesem Punkt der Befragung äußerst behutsam vor. Sie beschränkte sich auf die Fakten, betonte ihre eigene Neutralität, gab lediglich wieder, was sich die Leute erzählten, und erwähnte dabei beiläufig die schwarze Orange, ohne ihre Quelle preiszugeben, damit er sehen konnte, dass sie vertrauenswürdig war. Auf dieser Grundlage präsentierte Frau Klammroth nun ihre intimen Kenntnisse über Frau Jasmin. Dass ihr nach dem Tod ihres Mannes gar nichts anderes übriggeblieben sei, als den Laden weiterzuführen, und sie dann allein mit der ganzen Arbeit dagestanden sei. Dass vielleicht auch dadurch ein, wie solle sie sagen, man möge sie bitte nicht falsch verstehen, aber doch, man könne schon sagen, ein besonderes Verhältnis entstanden sei zwischen der erst kürzlich Verwitweten und ihrem Schützling, dessen Nachnamen zumindest ihr selbst und den anderen Stammkunden bis vor vier Tagen unbekannt gewesen sei. Frau Klammroth war offenbar der Meinung, dass der Kommissar, nachdem er all das erfahren hatte, begreifen musste, wie ernst es zu nehmen war, dass nicht einmal Frau Jasmin wusste, wo sich dieser Sebastian derzeit aufhielt. Denn, so versicherte sie ihm, sie glaube nicht, dass diese etwas verheimliche. Sie als langjährige Stammkundin wisse um den grundsoliden Charakter der Geschäftsfrau. Man lerne das Wesen eines Menschen kennen, wenn man ihm tagtäglich beim Aussuchen der besten und beim Aussortieren der fauligen Stücke zusehe, beim Abwiegen der stets frischen Ware, bei der es Frau Jasmin nie um hundert Gramm hin oder her gehe, stets runde sie den Preis ab. Und dabei sei es ihr immer ganz egal, ob es sich dabei um Kartoffeln oder Steinchampignons handele.

Was aber die Motive und Machenschaften des betrügerischen Kistenstaplers angehe, da könne sie, wolle er sie hier und jetzt festnageln, nicht ihre Hand ins Feuer legen. Ungewöhnlich sei es allemal, dass ein Millionenerbe im Gewand eines Bettlers wie aus dem Nichts in Maulheim aufgetaucht sei und mit niemandem gesprochen habe. Man könne sich schon fragen, wieso jemand lieber im Schwimmbad übernachte als im Lager, denn das habe ihm Frau Jasmin mehrmals angeboten, das wisse sie aus erster Hand. Man könne sich auch fragen, wozu jemand in einem geheimen Gewächshaus hinter dem Laden versuche, Brombeeren mit Kumquats zu kreuzen.

»Wozu?«, fragte sie nun auch mich unter der hohen, morschen Balkenkonstruktion des Umkleidebereichs, »das ist doch gegen die Natur!«

Sie schüttelte unwillig den Kopf und kehrte zu ihrer Erzählung über das Gespräch auf der Terrasse zurück: Sie wolle bestimmt niemandem einen Mordanschlag unterstellen, versicherte sie dem Kommissar, aber es sei eine Tatsache, dass dieser Sebastian genau einen Tag nach dem Einbruch im Büro des Bademeisters verschwunden sei, das habe sie anhand der Zeitungsmeldung rekonstruiert. Und nun wolle sie nur eines von ihm wissen: Ob er als Kriminologe einen Zusammenhang sehe zwischen dem Einbruch und dem Giftmord an von Stelten.

An dieser Stelle straffte sich Frau Klammroth und atmete tief durch, als brauche sie für das, was nun folgte, alle ihr zur Verfügung stehenden Kräfte. Der Kommissar habe daraufhin gesagt, er habe nun seinerseits eine Frage an sie. Und dann habe er sie doch allen Ernstes gefragt, ob sie schon einmal Wurzelpetersilie gekocht habe, das müsse man sich einmal vorstellen! Sie habe sich ihrerseits in dem Augenblick, nebenbei bemerkt, gefragt, ob die Sicherheit der Bürger von Maulheim bei diesem Mann in den richtigen Händen sei. Sie sei aber ganz ruhig geblieben und habe ihm erklärt, dass man diese hierzulande Petersilienwurzeln nenne und genauso zubereiten könne wie Mohrrüben. Dass sie sich hervorragend zum Pürieren und Suppekochen eigneten, und wenn man etwas Schabzigerkleepulver hinzufüge, bekomme die Suppe eine herrliche grüne Farbe, die dann auch gut zur darübergestreuten Blattpetersilie passe. Nachdem nun aber sie seine Frage beantwortet habe, würde sie gerne noch einmal auf ihre eigene zurückkommen.

»Tja«, Frau Klammroth zuckte mit den Schultern und warf offenbar immer noch fassungslos ihre Hände ineinander. »Er könne mir darauf keine Antwort geben«, überartikulierte sie, »weil er sich darüber noch keine Gedanken gemacht habe. Denn solange es keine Leiche gebe, gebe es auch keinen Mord.« Frau Klammroth sah mich an und sagte kopfschüttelnd: »Wo gibt's denn so was!«

Re: Provinzpost

Hey Manni,

ich hätte niemals das Notebook deiner Tochter kaufen sollen. Billig hin oder her. Das Ding macht mich zum Weichei. Jetzt werde ich schon von älteren Damen angesprochen. Dabei bin ich zum Mailschreiben extra aus dem Büro gegangen. Hatte keine Lust auf blöde Kommentare von den Kollegen hier. Hauptsächlich aber, weil wir keine Klimaanlage haben.
Denkmalschutz!
Mein Büro ist keine 2,50 m hoch und heizt sich mit Computer und Kopierer ganz gut auf. Dagegen sind die 28 Grad Außentemperatur 'ne frische Brise. Außerdem hat das Schwimmbad hier eine ganz angenehme kleine Cafeteria. Ich hab sie entdeckt, als ich den Einbruch untersucht hab. Die Frau des Bademeisters hat mir den leckersten Cappuccino seit langem hingestellt, und du weißt, was das heißt!
Aber dass ich hier anonym unter den Kastanien sitzen könnte, war natürlich eine Illusion. Inzwischen weiß wahrscheinlich ganz Maulheim, dass der neue Kommissar ein rosa Mädchennotebook hat. Die oben erwähnte Dame wird schon dafür gesorgt haben. Allerdings hat sie mir auch allerhand Interessantes erzählt. Möglicherweise hat da ein Hobbygärtner, ohne es zu wissen, eine tödliche neue Frucht herangezüchtet.

Er arbeitet übrigens im selben Laden, wo ich fürs Projekt einkaufe. Die Welt ist hier ziemlich klein.
Umso mehr freue ich mich, bald wieder mit dir in See zu stechen, und noch mehr freue ich mich darüber, dass DU bezahlen wirst.

Gruß,

Sven

PS: Ich werde dir selbstverständlich nicht sagen, wie weit ich schon mit der Liste bin. Ich lass mir doch dein Gesicht nicht entgehen, wenn ich dir im August präsentiere, wie haushoch du verloren hast!

Aus einer Igelhaut wird nie ein Brusttuch

Frau Jasmin legte ihre täglichen Besuche im Krankenhaus in ihre Mittagspause. Sie setzte sich zu ihrem besten Freund ans Bett und aß, was sie sich im Laden eingepackt hatte. Meistens eine Banane und einen Apfel. Seit Richard vor fünf Tagen vor ihren Augen zusammengesackt war, als hätte jemand den Lautstärkeregler auf null gedreht und die Party beendet, hatte sie beschlossen, erst einmal auf Fertiglasagne aus der Mikrowelle zu verzichten. Weniger, weil sie sich angesichts der Zerbrechlichkeit des Lebens gesünder ernähren wollte, als weil sie einfach sonst nichts tun konnte. Daran, dass Richard im Koma lag und die Ärzte nicht herausfinden konnten, wieso, konnte sie nichts ändern. Also änderte sie etwas an ihrem Tagesablauf. Sie hoffte vielleicht auch, der Duft von frischem Obst und das saftig krachende Geräusch, das ein Apfel von sich gab, wenn man herzhaft hineinbiss, könnte ihn aufwecken. Frau Jasmin traute Obst wirklich eine Menge Positives zu. Wenn Sie mich fragen, hätte sie lieber mal frischgeschnittene Zwiebeln unter die Nase des Bewusstlosen halten sollen. Und Karotten krachen auch wesentlich lauter. Aber das konnte ich ihr nicht sagen, denn sonst hätte sie mich gefragt, wer ich bin und was ich in der Toilette suche. In weiser Voraussicht hatte ich die Tür nur angelehnt und schnell auf den Lichtschalter gedrückt, als sie das Zimmer betreten hatte.

»Sieh dir das an«, sagte sie jetzt, »ich ernähre mich nur noch von Rohkost. Wird Zeit, dass du wieder aufwachst und mir was kochst. Und nicht nur mir. In zwei Wochen wäre unser nächstes Essen. Ich meine: In zwei Wochen *ist* unser nächstes Essen«, verbesserte sie sich schnell, »in zwei Wochen und zwei Tagen, also gut zwei Wochen. Oder knapp drei, das kann man so oder so sehen.« Sie schnaufte und murmelte leise zu sich selbst »Herrje«. Dann, wieder an von Stelten gerichtet: »Jedenfalls wollte ich nur sagen: Alle warten auf dich.«

Da hatte sie recht. Nach Sebastians Geständnis darüber, was er mit den Kumquats angestellt hatte, war ich ins Krankenhaus geschlichen, um Einsicht in von Steltens Krankenakte zu nehmen, und obwohl ich so etwas schon mehrmals miterlebt hatte, war ich nicht gefeit gegen ein natürlich aufwallendes Mitgefühl, denn man gewöhnt sich nie daran, was Obst anrichtet. Also war ich, als ich an Zimmer 304 vorbeigekommen war, einfach hineingegangen. Aus purer Sorge.

»Ich soll dich schön grüßen von Wolfgang. Er hat den Verkauf der Spieluhr erst mal verschoben. Das ist jetzt alles nicht so wichtig.« Sie schwieg einige Augenblicke, ehe ihr einfiel: »Übrigens war neulich ein Kommissar bei mir im Laden. Er hat mich wegen des Einbruchs befragt. Glaubst du, Sebastian hat etwas damit zu tun?«

Das war abzusehen, dachte ich, sie kommen uns langsam auf die Schliche. Ach, wie fein und elegant ich die ganze Sache geregelt hätte! Alles war bereit, die Schnur hing im Wasser, die Maulheimer hatten angebissen. Es hätte nur noch eines einzigen beherzten Rucks bedurft, und die Sache wäre erledigt und wir aus diesem Kaff verschwunden gewesen. Aber anstatt abzuwarten, bis er sicher wusste, wo die Spieluhr war, musste Sebastian ja Hals über Kopf Fischers Schrank aufbrechen. Vier Tage später hätte ich ihm sagen können, wo sie war. Und nun hatte er die Polizei und, was schlimmer war, Frau Klammroth am Hals. Es blieb mir nichts anderes übrig, als ihn in meinem Pensionszimmer zu verstecken und die Sache selbst zu Ende zu bringen. Dass die Obsthändlerin um halb zwölf nicht in ihrem Laden stand, hatte mich allerdings überrascht.

»Im Laden ist nicht viel los im Moment«, berichtete sie. »Die Einzige, die jeden Tag kommt, ist Frau Klammroth. Na ja, und deine Yvonne. Ich glaube, sie vermisst dich am meisten. Ich bring's nicht fertig, ihr zu sagen, dass sie auf'm falschen Dampfer ist. Ich versteh auch nicht, warum sie das nicht selber merkt. Liebe macht blind, ja, aber so blind? Was hast du denn mit dem Mädel angestellt? Die ist ja regelrecht auf dich fixiert. Nein, ich bin nicht eifersüchtig, mein Lieber.« Es hörte sich an, als ob sie lächelte. »Ich frage mich bloß, wie man sich nur vom Ins-Museum-Gehen und Über-Bücher-Reden so in jemanden verrennen kann.«

Nach einer kleinen Pause fuhr sie leise fort: »Das ist das Vorrecht der Jugend, würdest du wahrscheinlich sagen.« Ich hörte sie in den Apfel beißen und mit vollem Mund seufzen. »Wenn nur Ewald da wäre. Ich hab ihn immer noch nicht erreicht. Keine Ahnung, wo der sich rumtreibt, ich krieg immer nur die Mailbox, aber vielleicht sollte ich dir das gar nicht –«

Die Tür ging auf, und ich hörte Marianne Berg sagen: »Ich hasse Krankenhäuser.« Dann ging sie ein paar Schritte durchs Zimmer und holte sich anscheinend einen Stuhl ans Bett.

Frau Jasmin sagte: »Sieh mal, Marianne ist gekommen.«

»Er hat die Augen zu«, nölte die Berg mit ihrer verrauchten Stimme.

»Ja, aber seine Ohren sind noch offen.« Das klang ein wenig patzig.

»Wenn's dir hilft«, sagte Marianne erstaunlich sanft.

»Der Arzt sagt, es ist gut, mit ihm zu reden. Man weiß nicht genau, wie viel Komapatienten mitkriegen. Alles kann helfen: vertraute Stimmen, Musik, Gerüche.«

»Dann solltest du vielleicht statt so 'nem öden Apfel lieber 'n Schweinsbraten essen, da steht er drauf.«

Na, da sprach mir doch jemand aus der Seele.

»So was Profanes würde Richard nie kochen«, sagte

Frau Jasmin in einem Tonfall, der sich anhörte wie: »Du kennst ihn wohl nicht so gut wie ich!«

»Sollte er aber«, durch die angelehnte Badezimmertür klang die Berg wie ein Kerl, »dann könnte man mal ein schönes kühles Bier trinken statt seinem läpprigen Lemberger.«

»Bist du hergekommen, um über ihn zu lästern?«, zischte Frau Jasmin.

»Wenn ihn das aufweckt«, antwortete die andere. »Wieso soll jemand aus einer tiefen Bewusstseinsschicht zurückkehren, wenn man ihn mit Nettigkeiten zusäuselt? Kann mir das mal jemand erklären? Wenn ich schön im warmen Bettchen liegen könnte und man würde mir den ganzen Tag erzählen, wie toll ich bin, würde ich überhaupt nicht mehr aufwachen. Vielleicht sollten wir über was reden, das ihn richtig aufregt: Glutamat, Soßenbinder, Röstzwiebeln aus 'm Glas …«

»Friteusenschnitzel«, ergänzte Jasmin.

»Dosenspargel.«

»Scheiblettenkäse.«

»Tiefkühlpizza.«

»Pommes rot-weiß.«

»Durchgebratene Steaks!«

»Ich hab Hunger.«

»Wir gehen zum Kiosk, dann kann ich im Park eine rauchen«, bestimmte Marianne Berg, und wenige Augenblicke später waren sie verschwunden.

Ich schlich aus dem Zimmer und war fürs Erste zufrieden. Zwar hatte ich nicht herausfinden können, wodurch der anaphylaktische Schock bei Patient »Stelten, Richard« ausgelöst worden war, aber immerhin war er nicht tot, und ich hoffte für Sebastian, dass das so blieb.

Eine halbe Stunde später schlenderte ich im Schatten der hohen Platanen den Weg entlang, der hinter dem Zaun zum Schwimmbad lag. Von Westen her zog schlechtes Wetter auf. Vor mir sah ich an einem weiten hellblauen Himmel eine einzelne weiße Wattewolke, die sich zu einer imposanten wulstigen Säule auftürmte wie eine gigantische Rokoko-Perücke ohne die daruntergehörige Riesin. Ich schaute nach rechts durch den Maschendraht. Die ausgedehnte grüne Rasenfläche zwischen dem Schwimmerbecken und den betagten hölzernen Umkleidekabinen war beinahe menschenleer. Darüber lastete eine dunkelgraue Fläche aus Regenwolken, noch ungefähr eine halbe bis dreiviertel Stunde entfernt. Die Schwüle schien jede Bewegung der Luft bis zum völligen Stillstand abgebremst zu haben. Vor mir knallte eine dicke Fleischfliege besinnungslos auf die Erde. Ich sehnte mich nach der kühlen Frische des Vierwaldstätter Sees. Wir waren nur ein paar Tage in Luzern gewesen, solange Sebastians Kreditkarten noch Geld auspuckten. Er fand es reizlos, sein Luxusleben aufzugeben, um vielleicht vier Wochen länger mit dem Geld auszukommen, dafür aber in dieser verbleibenden Zeit auf alles zu verzichten, was seiner Ansicht nach das Leben lebenswert machte.

Wir wohnten in einem Hotel, das 1845 erbaut worden war. Der Architekt hatte Schönheit, Größe und Eleganz auf eine Art miteinander vereint, die niemals aus der Mode zu kommen schien. Im Innern wandelte man durch weitläufige Flure, die mit weichem roten Teppich ausgelegt waren, der nicht nur die Geräusche dämpfte, sondern auch meine Stimme. Bei jedem Schritt sanken wir ein wie auf Moos in diesen langen, in gelbes Licht getauchten hohen Gängen mit dem Stuck an der Decke und den cremeweißen Türen, auf denen goldene Zahlen glänzten. Ich war fasziniert davon, wie selbstverständlich sich Sebastian mit seinen hüftlangen Dreadlocks und dem wettergegerbten Gesicht über die geschwungenen Treppen und in den mit Marmorsäulen und Kaminfeuern ausgestatteten Salons bewegte. Das Hotelpersonal behandelte ihn, als sei er ein jedes Jahr zu Beginn der Golfsaison wiederkehrender Stammgast, während ich von dem Hotelpagen mit dem koketten Silberblick angeflirtet wurde. Zwischen mir und Männern mit Makeln scheint es eine unsichtbare Anziehungskraft zu geben. Es sind kleine, unauffällige Dinge, die andere kaum bemerken, weil sie auf solche Männer nicht anspringen. Ein schiefes Lächeln, ein Zahn, der aus der Reihe tanzt. Kerle, die immer leicht strubblig wirken, egal, wie frisch gebügelt ihr Festtagshemd ist: Sie erkennen mich überall.

Während der gesamten Zeit in dieser Residenz, in der

früher Kaiser und Könige auf der Durchreise nach Italien abgestiegen waren, sprach ich beinahe im Flüsterton, und wenn wir über das große orientalische Mosaik aus poliertem Marmor durch die Empfangshalle nach draußen gingen, um am See zu promenieren, schwiegen wir. Die hohen Berge ringsum waren bedeckt von spätem Frühlingsschnee. Auf weißüberzuckerten Schindeldächern rauchte es aus roten Ziegelschornsteinen, die jeder ein eigenes, kleines, spitzes Hütchen trugen. So schön war es, dass ich den Gedanken unerträglich fand, das alles nicht festhalten zu können: Meine Hand in der Seitentasche von Sebastians dunkelblauer Filzjacke; das klare Wasser des Sees, auf dessen Grund die runden Steine mit einer hellen Schicht überzogen waren. Es sah aus, als ob es bis auf den Grund geschneit hätte. Eine weiche, weiße, eigene Winterlandschaft für die Unterwasserwesen. Ob dort Nixen Snowboard fuhren?

Einen halben Meter höher, auf der Oberfläche, zogen Enten ihre Kreise, völlig unbeeindruckt von der glitzernden Welt unter ihren tapsigen Füßen.

»Enten sind wie McDonald's«, sagte Sebastian, »die gibt's überall«, und holte mich damit aus meiner Zuckergusswelt.

»So ein Entchen müsste man sein«, sinnierte ich, »man hat keine natürlichen Feinde, man kann essen, was man will, und niemand sagt, du bist zu dick.«

»Das kannst du im Altersheim auch«, stellte er fest.

»Ich meinte das ernst«, sagte ich verschämt.

»Ich auch«, antwortete er bestimmt. »Es gibt viele Möglichkeiten für einen Menschen, das Leben einer Ente zu führen.«

Und das wollte ich. Ab da wollte ich das Entchen an seiner Seite sein.

Ich beeilte mich, meine Runde um das Schwimmbad zu beenden. Die ersten dicken Tropfen fielen, als ich nahe der breiten Steintreppe war, die zum Eingang hinaufführte. Eine Frau stieg aus einem eiförmigen, silbernen Auto und hastete die Stufen hoch, die zum massiv gemauerten, überdachten Eingangsbereich führten. Offenbar eine Mutter, die ihre Kinder vor dem Gewitter in Sicherheit bringen wollte. Die Autotür war angelehnt, der Motor lief. Als sie hinter der Mittelsäule in Richtung Kassenhäuschen verschwunden war, stieg ich in den Wagen und gab Gas.

Glücklicherweise fuhr ich dem Wetter davon. Zwei Dörfer weiter klebten mir von der hier noch herrschenden Schwüle die Finger am Lederlenkrad, und ich nahm mir vor, beim nächsten Mal ein Auto mit Klimaanlage zu stehlen. Ich stellte die kleine Asphaltblase am Marktplatz ab und ging zu Fuß ins »Gästehaus Katrin«.

Sebastian saß in dem kleinen grünen Sessel am Fenster und las. Neben ihm stand in einem schwarzen Plastikkübel die Pflanze. Ich hielt mit der linken seinen schweren Zopf aus Dreads aus dem Weg und küsste ihn auf den Nacken.

»Wieso hast du den hässlichen Orangenstrauch mitgebracht?«, fragte ich.

»Das ist eine Kumquat.« Er hob den Blick nicht von seinem Buch.

Ich seufzte. »Du weißt, dass ich Derartiges nicht bei mir im Zimmer haben möchte. Wieso entsorgst du das nicht? Wir können das Ding sowieso nicht mitnehmen.«

»Nein. Die Pflanze ist der Beweis dafür, dass ich von Stelten nicht vergiftet habe.«

»Wieso hast du sie dann nicht im Laden gelassen?«, fragte ich.

Er schwieg und sah zum Fenster hinaus. Und auf einmal wurde mir klar, warum er die Pflanze bei seiner Flucht mitgenommen hatte. Er wollte nicht, dass Frau Jasmin erfuhr, dass er gemogelt hatte. Mein Herz machte einen kleinen Hüpfer, und ich lächelte hinter seinem Rücken. Ich hatte endlich eine Schwäche an meinem Liebsten entdeckt. Ich verstand nun, warum er das Gießwasser mit seinem selbstzusammengemixten Farbstoff versetzt und damit die Pflanze dunkler gemacht hatte: Er wollte gefallen. Die Kreuzungsversuche waren das Erste in seinem bisher reibungslos verlaufenen Leben gewesen, das in einer Sackgasse geendet hatte. Das war etwas Neues für meinen coolen Abenteurer, der, seit er selbst entscheiden konnte, unterwegs war, der ununterbrochen reiste, zu neuen Orten und Geisteszuständen. Ihm gefiel das nicht. Dieses Feststecken. Scheitern war eine der wenigen Künste, in denen er nicht bewandert war. Frau Jasmin hatte ihn bewundert, wie die meisten Frauen, denen er begegnete. Das spürte er daran, wie sie, je weniger er von sich preisgab, sich ihm gegenüber öffnete, ja sogar zu profilieren versuchte. Sie hatte ihm ihre Gerätschaften zur Verfügung gestellt, in dem Zutrauen oder schwärmerischen Wunschdenken, er könnte damit völlig neue Dinge vollbringen, andere als sie selbst, die damit einfach nur Tomaten umtopfte. Vor ihr wollte er nicht zugeben, bloß irgendwie rumprobiert zu haben. Auch wenn er behauptete, er hätte nur sehen wollen, wie eine Bromquat aussehen könnte, wusste ich jetzt, dass er getrickst hatte, um zu glänzen. Und ich war diejenige, die ihm helfen würde, aus der Sache rauszukommen.

Re: Aw: Provinzpost

Hallo Manfred,

wusstest du, dass Kumquats zur Familie der Rautengewächse, Ordnung Seifenbaumartige, und Brombeeren zur Familie der Rosengewächse, Ordnung Rosenartige, gehören und es daher unmöglich ist, sie miteinander zu kreuzen? Das wäre so, als würde man versuchen, ein Huhn mit einem Pottwal zu paaren, hab ich mir sagen lassen. Und doch ist hier ein sechzigjähriger kerngesunder Mann, der sich als Graf ausgibt, nach dem Genuss einer dunkelblauen Kumquat umgefallen wie ein Stein. Ist eigentlich kein Fall für die Polizei, aber weil der Strauch in meinem Obst- und Gemüseladen steht, werde ich ihn mir mal ansehen. Ach, wo sind die Zeiten hin, als ich sagen konnte: Ich hab Wichtigeres zu tun!
Mit so was schlägt man sich rum in Heidi-Land. Ich habe einen falschen Adligen im Koma, einen flüchtigen Hobby-Botaniker und einen Bademeister, der sich darüber aufregt, dass wir denjenigen nicht finden, der seinen Büroschrank aufgebrochen und nichts gestohlen hat. Gäbe es nicht den köstlichen Cappuccino, den mir Sandra, die Frau des Bademeisters, täglich serviert, wüsste ich nicht, womit ich meine Pausen zubringen sollte.

Grüße aus der Maulheimer Puppenkiste

Sven

Zeit ist's, die Unfälle zu beweinen, wenn sie nahen und wirklich erscheinen
FRIEDRICH SCHILLER

Jeder Versuch, den Verkauf der Spieluhr voranzutreiben, schien im Moment aussichtslos. Solange alle mit Krankenbesuchen beschäftigt waren, wollte keiner als so herzlos dastehen, in einem Moment, da einer von ihnen mit dem Tode rang, an den schnöden Mammon zu denken. Sebastian erwog, in die Villa einzusteigen, aber ich konnte ihn davon abhalten, indem ich ihm erzählte, ich hätte über Yvonne erfahren, der Graf verwahre die Spieluhr in seinem Tresor, und es sei mehr als wahrscheinlich, dass das Anwesen mit einer Alarmanlage gesichert war.

Inzwischen zog der dicke Mann mit der braunen Baskenmütze seine Kreise langsam, aber sicher enger um uns. Er befragte Frau Jasmin, erkundigte sich nach den Kumquats und hockte anscheinend täglich mit seinem Notebook auf der Terrasse des Schwimmbads. Ich sah das mit Unbehagen, denn je öfter er dort saß, desto wahrscheinlicher wurde es, dass Frau Klammroth noch einmal mit ihm sprechen und ihm eines Tages auch etwas über mich erzählen würde.

Eins war klar: Wenn ich die Sache beschleunigen

wollte, musste ich mich an Wolfgang Fischer und seine Geldgier halten. Und der Weg zum Bademeister führte über Yvonne. Wie ich von Frau Klammroth erfuhr, ging sie jeden Morgen, so früh es das Pflegepersonal zuließ, ins Krankenhaus zu von Stelten. »Damit er eine vertraute Stimme hört, wenn er aufwacht«, habe sie mit leiser, zitternder Stimme gesagt. Auch abends, bevor die Nachtschwester ihren ersten Rundgang machte, saß Yvonne an seinem Bett. Und bevor sie sich wieder auf den Weg machte in ihre Einzimmerwohnung mit dem offenen Küchenbereich, in dem sich die leeren Pizzakartons stapelten, wünschte sie ihm eine gute Nacht. Bevor sie das Krankenhaus verließ, versicherte sie sich aber bei jedem verfügbaren Kittel, ob weiß oder rosa, dass der Graf in guten Händen war und optimale Pflege erhielt, womit sie dem gesamten Stationspersonal gehörig auf den Wecker ging, wie der Herr mit der weißblauen Badekappe in der Stammschwimmerrunde zu berichten wusste. Jeder beschleunigte seine Schritte, wenn er die große Blonde mit dem hellgrünen Hütchen, das wie eine jüdische Kippa perfekt auf dem Hinterkopf festgesteckt war, von weitem kommen sah. Wenn es aber geschah, dass Yvonne einen von ihnen an einer Ecke des Flurs überraschte, hielt der-, meistens aber diejenige notgedrungen kurz an, nickte, hielt sich am um den Hals gehängten Stethoskop fest und ließ die aus dem Internet angelesenen Verbesserungsvorschläge vor sich auf den desinfizierten Boden tropfen. Es sei ganz wichtig, dass der Graf einen geregelten Tagesablauf habe, dass immer dieselbe Schwester ins Zimmer komme. Falls es unumgänglich sei, dass mehrere Personen mit der Pflege betraut seien, solle unter allen Umständen nur eine von ihnen sprechen. Und bitte, man möge darauf achten, dass sie morgens die Erste sei, deren Stimme er höre. Nur so könne sich der eingeschlossene, orientierungslose Geist wieder im Körper einrichten und langsam den Weg in die Außenwelt finden. Meiner Meinung nach hoffte Yvonne, ihren Grafen wie eine Konrad Lorenz'sche Gans für immer auf sich zu prägen. Mir war nur nicht klar, wie viel Wert sie dabei darauf legte, dass er tatsächlich jemals wieder aufwachte. Auf jeden Fall war ich dumm genug, meine Theorien Sebastian zu erzählen. Heute weiß ich, dass das eine Schwachstelle war, an der beinahe mein ganzer Plan gescheitert wäre. Obwohl ich mir nicht wirklich Schuld geben möchte an dem, was nun geschah. Nein, im Zentrum des Unheils, wie ich schon zu Beginn meiner Erzählung klargemacht habe, stand immer noch ein kleiner Laden am Waldrand, in dem sich knallbunte Früchte türmten. Und ich spreche hier nicht von Tomaten.

Sie glauben mir immer noch nicht?

Dass Obst gefährlicher ist als Gemüse, kann man doch schon an der alltäglichen Sprache ablesen. Sagt man nicht über einen Menschen, dem man schon in jungen

Jahren nicht trauen kann, er sei »ein Früchtchen«? Und welche Assoziationen haben Sie, wenn man von jemandem sagt, er sei ein Kohlkopf? Sofort denkt man an einen harmlosen Toren, einen ungefährlichen Dummbatz. Gemüse hat nach uraltem Volksglauben selbst in der Schlichtheit doch immer etwas Positives. Wenn ich Frau Jasmin zitieren darf: Die dümmsten Bauern haben die größten Kartoffeln. Auch erntet man nicht die Knollen des Hasses, sondern die Früchte des Zorns. Bitte, ich will hier niemandem eine böse Absicht unterstellen. Obst ist nicht gerecht oder ungerecht. Es ist einfach da. Wie Krebs. Der Baum der Versuchung kann nichts für den sündigen Apfel, der an ihm hängt. Er macht sich beziehungsweise ihn gewissermaßen zum Obst. Faules Obst. Aus der Saat des Bösen. Oder fragen wir doch einmal so herum: Hätte Eva auch von einer Kartoffel verführt werden können? Man stelle sich vor, Gott hätte versucht, mit einem Erdapfel bei Eva zu landen:

(Paradies, außen, Tag)

Schlange: »Sieh mal, was ich hier Feines für dich habe!«

Eva: »Was denn?«

Schlange: »Es ist dort, unter der Erde!«

Eva: »Ich seh gar nix.«

Schlange: »Das kannst du auch nicht. Es steckt im Boden. *(zu sich selbst)* Mein Gott, ist die Alte begriffsstutzig … Vielleicht sollte ich Adam lieber mit einem Schaf verkuppeln.«

(Eva geht auf alle viere und schnuppert ein bisschen an der Erde.)

Schlange *(legt ihren langen Körper in die Form einer Schaufel und nölt):* »Du musst graben, Schätzchen, graben!«

Eva *(buddelt die Kartoffel aus und ist herb enttäuscht):* »Watt soll ick'n damit?«

Schlange: »Oh, das ist ein Erdapfel, meine Liebe *(kleine Fanfare auf der Tröte),* damit kann man eine Menge machen: Pommes, Chips, Kartoffelsalat, Puffer, Püree, Schnaps … das musst du unbedingt Adam zeigen!«

Eva: »So wie ich jetzt ausseh, muss ich erst mal duschen.« *(Wischt sich angewidert die Hände am Nacktkostüm ab und geht.)*

Schlange *(ruft ihr hinterher):* »Warte! He! Das ist reinstes Ackergold! Eines der vielfältigsten Lebensmittel überhaupt!«

(Eva dreht sich nicht mal mehr um.)

Schlange *(kickt mit dem Schwanzende die Knolle weg und mault):* »Nächstes Mal nehm ich was Farbiges.«

Ein weiterer Grund, der gegen Obst spricht, ist, dass es tropft. Was ist daran so schlimm?, werden Sie einwenden, dann nehm ich halt ein Taschentuch. So etwas werden Sie nie wieder sagen, nachdem Sie erfahren haben, was Yvonne passiert ist und was hätte vermieden werden können, wenn sie statt eines Pfirsichs eine Karotte geknabbert hätte.

An dem Tag, der ihr letzter sein sollte, war sie mit Sebastian verabredet. Mein Liebster hatte, wie ich anhand der Anrufliste herausbekam, die Liebeskranke und Sorgenvolle kontaktiert. Es versteht sich von selbst, dass ich ihn nicht darauf angesprochen habe. Ich bin keine Frau, die ihrem Mann hinterherspioniert. Das musste ich auch nicht. Yvonne, die arme Yvonne, war nicht dafür geschaffen, ein Geheimnis für sich zu behalten. Anscheinend hatte Sebastian durchblicken lassen, er wisse, welche Substanz den Grafen in tiefere Bewusstseinsschichten hatte fallen lassen, und vorgeschlagen, sich zu treffen. Wahrscheinlich hoffte er, er könnte über sie an die Spieluhr gelangen. Vielleicht hätte sie sogar einen Schlüssel für die Villa.

Yvonne wartete. Sie saß auf einer dunkelrotgestrichenen Holzbank, der ersten, wenn man von Frau Jasmins Laden aus den Wald betrat, keine zweihundert Meter vom Ende der Straße entfernt. Auf dem Kopf ihre orange und hellblaugefleckte Lieblingsfilzkappe und am Körper ein nicht gut dazupassendes rotes Kleid mit weißen Punkten, das ein wenig nach sechziger Jahre aussah. Sie hatte es in der Morgendämmerung für von Stelten angezogen. Es sollte den großen Altersabstand etwas mildern. Es war noch nicht richtig hell in ihrer Erdgeschosswohnung gewesen, aber nicht mehr dunkel genug, um künstliches Licht anzumachen. Sie musste gesehen haben, dass sich die Farben bissen, und vielleicht hatte sie nach ihrem Frühschichtbesuch im Krankenhaus, als sie dort auf der Bank saß und wartete, kurz stumm aufgelacht, weil ihr nun, allein in der Stille des Waldes, bewusst wurde, wie unsinnig es war, sich für jemanden schön zu machen, der im Koma lag, und sich dann bei der Frage nach dem passenden Hut damit zu trösten, dass er ihn ja nicht sehe.

Sebastian verspätete sich. Yvonne stand auf. Sie stellte die Handtasche auf der Bank ab. Dann setzte sie sich wieder. Als er zehn Minuten über der Zeit war, hielt sie es nicht länger aus. Sie ging die paar Schritte bis zum Obstladen hinunter und riss die Tür auf, dass das kleine Messingglöckchen einen Überschlag machte. Mit hektischen roten Flecken im Gesicht fragte sie nach Sebastian. Ob er hier gewesen sei, ob er nach ihr gefragt oder eine Nachricht hinterlassen habe? Frau Jasmin, die gerade erst die Rollos hochgezogen hatte und noch dabei war, etwas Ordnung zu machen, verneinte ungläubig. Yvonne wisse doch, dass Bastl schon seit über einer Woche verschwunden sei, wie sie auf so etwas komme. Da sie darauf nicht antworten wollte, schwieg die Behütete verbissen und sah zu Boden. Eine völlig unsinnige Verweigerungsgeste, die nichts bewirkte, außer ihr Gegenüber aufhorchen zu lassen. Auch ein weniger guter Menschenkenner als die robuste Rothaarige mit dem scheelen Blick hätte sofort gerochen, dass Yvonne bereits mehr erzählt, als sie sich vorgenommen hatte, bevor sie wie ein aufgeregtes Huhn in den Laden gestürmt war. Und nun stellte Frau Jasmin die Fragen. Besser gesagt nur eine: »Wo ist er?«

Yvonne war erledigt. »Ich weiß es nicht«, stammelte sie, »aber er weiß vielleicht, wie ich Richard helfen kann.«

Ist Ihnen das Wörtchen »ich« im letzten Satz auch so unangenehm aufgefallen wie Frau Jasmin? Nun ja, Sie wissen so gut wie ich: Dezenz war Yvonnes Sache nicht. Sie lebte in ihrer eigenen sonnigen Welt. Und darin sah sie sich als strahlende Retterin des gefallenen Prinzen. Dass von Stelten ältere und engere Freunde hatte als sie und dass eine dieser Personen im Moment direkt vor ihr stand, fiel ihr nicht auf. Sie war diejenige, die man angesprochen hatte. Also war sie zuständig. So einfach war das.

Deshalb erzählte sie nun freimütig von Sebastians Nachricht auf ihrer Mailbox, dass er sich mit ihr habe treffen wollen und nun nicht gekommen sei.

Frau Jasmin legte den Lappen, mit dem sie eben noch den Tresen abgewischt hatte, beiseite und stützte ihre Hände in die stämmigen Hüften. »Yvonne«, sagte sie entschlossen, »ich weiß, was die Leute reden. Aber Richard ist nicht durch Sebastians Kumquats vergiftet worden.«

»Ich denke, die heißen Bromquats«, erwiderte Yvonne kleinlaut.

»Heißen sie nicht«, sagte Frau Jasmin bestimmt, »das waren ganz normale Kumquats.«

»Aber sie waren doch blau!«, widersprach die große Blonde.

»Violett«, berichtigte die Ältere. »Ich weiß nicht, wie er das gemacht hat, ob er die Farbe ins Gießwasser gemixt oder direkt in die Früchte gespritzt hat; ich weiß auch nicht, welche Farbe das war, aber giftig war sie nicht.«

Yvonne stand mit hängender Unterlippe neben einer Kiste Brokkoli und stützte sich mit der linken Hand am Verkaufstresen ab. An ihrer Rechten hing schlaff die beige Strickhandtasche. »Wie können Sie da so sicher sein?«

»Yvonne, ich bin Obsthändlerin. Ich kann echte lila Kumquats von gefärbten unterscheiden.«

»Nein«, Yvonne umfasste mit beiden Händen die gekordelten Henkel ihrer Handtasche, »ich meine, wieso sind Sie sicher, dass die nicht giftig waren?«

»Ich hab sie auch gegessen«, sagte Frau Jasmin lapidar.

Man konnte Yvonne nun deutlich ansehen, dass sie mit der Situation überfordert war. Offenbar wusste sie nicht, was sie als Nächstes tun sollte.

Frau Jasmin ergriff die Initiative, nicht ohne die innere Genugtuung, wie mir scheint, zuzusehen, wie Yvonne von der zielstrebigen Aktionistin zu einem ratlosen Säckchen unwichtiger Informationen zusammenschrumpelte.

»Schauen Sie«, sagte Frau Jasmin eindringlich, »ich

weiß nicht, warum er Sie angerufen hat. Vielleicht braucht er Geld, vielleicht braucht er einen Schlafplatz. Er weiß ganz genau, dass er sich bei mir nicht mehr zu melden braucht. Viele Menschen kennt er ja nicht in Maulheim, und er hat bestimmt mitgekriegt, wenn Sie im Laden waren, dass Sie ein netter Mensch sind. Vielleicht ist das ja seine Masche, sich bei alleinstehenden Frauen durchzuschnorren.«

Als sie sah, wie in Yvonnes Augen ein Fenster aufging, wie sie bereitwillig Mund und Ohren aufsperrte, um sich eine neue Sichtweise verpassen zu lassen, nahm Frau Jasmin die schmale grüne Hornbrille von der langen Nase und beschloss, den Bogen etwas zu überspannen. Sie fixierte Yvonne mit ihrem gesunden Auge und setzte hintergründig hinzu: »Ich weiß nicht, ob ich Ihnen das sagen darf, aber der Kommissar hat mich schon zweimal ausgefragt, wegen des Einbruchs im Schwimmbad. Meinen Sie, es ist eine gute Idee, sich mit einem, der von der Polizei gesucht wird, im Wald zu treffen? Vielleicht ist mein Bastl am Ende tatsächlich ein Krimineller. Stille Wasser sind tief.«

Dann blickte sie mit einem einzigen Augenaufschlag die gertenschlanken Einmeterachtzig vom Kopf bis zu den Füßen hinunter und wieder hoch, lächelte süffisant und sagte: »Vielleicht gehört er auch einfach zu der Sorte Mensch, die sich bloß ein bisschen wichtig machen wollen.« Das hatte sie der naseweisen Spargelstange schon lange mal stecken wollen.

In Yvonnes Gesicht stand eine Mischung aus Verwirrtheit und Verzweiflung, und ganz gegen ihre Gewohnheit schwieg sie.

Die Glastür schwang auf, und Frau Klammroth betrat den Laden.

»Machen Sie sich keine Sorgen, Yvonne.« Frau Jasmin klang nun fast mütterlich. »Richard ist in den besten Händen. Sie wissen doch, was die Ärzte gesagt haben: Sie rechnen jeden Tag damit, dass er aufwacht.« Dann reichte sie ihr einen Pfirsich mit den Worten: »Den schenk ich Ihnen. Die sind heute im Angebot«, weil das große Mädchen ihr nun doch leidtat und weil sie ihr dadurch die Peinlichkeit nehmen konnte, den Laden tatenlos wieder zu verlassen.

»Warten Sie«, rief sie ihr noch hinterher, als Yvonne sich zur Tür wandte, den Pfirsich in der hohlen Hand haltend, als hätte man ihr ein schlafendes Pelztierchen anvertraut, »ich geb Ihnen ein Tütchen mit.«

Als die Glastür bimmelnd hinter Yvonne ins Schloss fiel, erkundigte sich Frau Klammroth bei Frau Jasmin danach, was denn eben los gewesen sei, und Yvonne erwachte draußen auf der Straße aus ihrer Trance. Sie ließ den Pfirsich in das kleine durchsichtige Tütchen gleiten und versenkte ihn so verpackt in ihrer Stricktasche. Zur Waldbank wollte sie nun nicht mehr zurück, also wandte sie sich nach rechts und schlenderte ein paar Schritte die Straße hinunter, in der sich wie auf einer bunten Perlenkette ein geparktes Auto an das nächste reihte. Und schon heiterte sich ihre Miene wieder auf. Frau Jasmin hatte recht. Es gab überhaupt keinen Grund, sich Sorgen zu machen. In letzter Zeit bewegte Richard immer öfter die geschlossenen Augen, und gestern hatte er sogar mit dem Zeh gewackelt. Es sei nur eine Frage der Zeit, hatte der nette Oberarzt gesagt, sie müsse noch ein bisschen Geduld haben.

Eine alte Dame mit einem kleinen weißen Hündchen ging an ihr vorbei und grüßte freundlich. Das war es eben, was Yvonne so an Maulheim schätzte. Dass sich die Menschen hier noch wahrnahmen, dass einen wildfremde Passanten grüßten. Man sah sich in die Augen, begegnete sich mit Respekt und wünschte sich einen guten Tag. Das war doch etwas ganz anderes als die Großstadt, wo man nicht mal »Hoppla« sagte, wenn man in der U-Bahn von hinten über jemanden hinweg zur Haltestange griff und ihm dabei den Hut vom Kopf fegte.

Wenn Richard aus dem Krankenhaus käme, würde sie ihn mit einem neuen Hut überraschen. Richard liebte ihre Hüte. Nur würde es in Maulheim schwierig werden, einen zu bekommen. Sie überlegte schnell, welche Großstadt am nächsten und geeignetsten zum Shoppen wäre. Vor einem Dekoartikelgeschäft blieb sie stehen und schaute sich die Auslagen an. Ihr Gesicht spiegelte sich in der Schaufensterscheibe, und sie übte schon mal das Lächeln, mit dem sie sich über Richards Bett beugen würde, wenn er die Augen aufschlug.

Doch dann dachte sie an Frau Jasmins Worte. Manchmal nahm sie die Dinge wirklich ein bisschen zu wichtig. Frau Jasmin hatte ganz recht. Sie sollte wirklich mehr an sich selber denken, sich auch mal etwas Gutes tun. Yvonne schaute wieder in ihr Spiegelbild und nickte sich aufmunternd zu. Das war doch einer der Gründe gewesen, aufs Land zu ziehen: geerdeter zu sein, frische Luft zu atmen, sich gesünder zu ernähren. Ihr fiel der Pfirsich ein, den sie in ihrer Handtasche hatte. Sie würde sofort damit anfangen.

Als sie das Tütchen aus der Tasche zog, stellte sie fest, dass die überreife Frucht bereits eine kleine Pfütze hinterlassen hatte. Mit spitzen Fingern angelte sie, möglichst ohne das vom Fruchtsaft klebrige Plastik zu berühren, nach der weichen glitschigen Kugel und fischte sie schließlich aus ihrem Behältnis, das sie sich dann mit der Linken wie eine Spucktüte unters Kinn hielt. Als sie ihre Vorderzähne in das gelbe Fleisch schlug, troff sofort die zuckrige Flüssigkeit über ihre Unterlippe und am Kinn hinunter. Wenn ihr so ein Safttropfen direkt auf einen der weißen Punkte ihres Sechzigerjahre-Kleides fiel, würde sie den Fleck nie wieder rausbekommen. Und Richard hatte das Kleid doch noch gar nicht gesehen.
Instinktiv und als könnte sie damit den Abstand zwischen ihrem ohnehin schon ausgestreckten Arm und ihrer Bluse noch weiter vergrößern, ging sie ein paar Schritte zurück, strauchelte und fiel rückwärts über die

Bordsteinkante auf die Straße. Der Motorradfahrer hat wohl zuerst an einen Ball gedacht, als das bunte runde Ding zwischen den parkenden Autos direkt vor seinen Vorderreifen purzelte. Und Yvonne dachte: ›Ballerinas passen viel besser zu dem Kleid als die gefährlichen Hochhackigen‹, als ihr Schädel auf den Asphalt knallte. Der Motorradfahrer wich dem merkwürdigen Filzball aus, rutschte mit dem Hinterrad weg, drehte sich in einer fast horizontalen Pirouette eineinhalbmal um die eigene Achse und stürzte.

Währenddessen rappelte sich Yvonne bereits wieder hoch. Kaum auf allen vieren, krabbelte sie schuldbewusst in die Mitte der Straße, um nach dem Verunglückten zu sehen, und wurde, noch bevor sie das Visier seines piratenkopfverzierten Helms hochklappen konnte, von einem schwarzmetalliclackierten Geländewagen erfasst, der mit überhöhter Geschwindigkeit in die Unfallstelle raste. Yvonnes Rippen knackten, die Bruch-Enden bohrten sich in ihre Lunge, und sie erstickte an ihrem eigenen Blut. Der Pfirsich kullerte über die Straße und blieb in den breiten Schlitzen eines Gullys hängen, wo er noch drei Tage zwar angebissen, aber wie zum Hohn über die Vergänglichkeit des Lebens ansonsten völlig unversehrt liegen blieb. Er schimmelte nicht, er wurde nicht schrumpelig, er bekam nicht einmal braune Flecken. Schließlich wurde er von einem kleinen weißen Köter namens Kasimir gefressen, der von ihm Dünnpfiff bekam.

Zugegeben: Was Yvonnes Gedanken am Tag ihres Todes angeht und auch bei allen übrigen Einzelheiten, wie zum Beispiel, wo sie mit Sebastian verabredet war, welches Kleid sie anhatte und was sie zuletzt gegessen hat, ist mir wohl die Phantasie durchgegangen. Aber ich weiß, was ich gesehen habe. Zwei Tage nach dem Unfall lag der Pfirsich immer noch im Gully, und einen Tag später berichtete mir Kasimirs Frauchen ausführlich über dessen Verdauungsprobleme. Da habe ich mir eben meinen Teil zusammengereimt. Verurteilen Sie mich nicht deswegen, kreiden Sie's den vermaledeiten Südfrüchten an.

Betreff: Kaffeegenuss

Manolo, altes Haus,

du willst mehr über die Frau wissen, die den besten Cappuccino macht, den ich je getrunken habe? Sie heißt Sandra, aber sie sieht nicht aus wie eine. Kann sein, dass ich deswegen mal wieder mit meinem Mädchennotebook auf der Terrasse sitze.
Hauptsächlich bin ich hier, weil ich es in meinen vier Wänden nicht aushalte. Man hat es sicher gut gemeint, mir eine Wohnung am Stadtrand zu besorgen. Aber Stadtrand heißt hier eben auch Berg. Statt offener Weite, wird man von aufgetürmter Erde eingesperrt.
»Ist schön ruhig. Hier hören Sie absolut nichts!«, hat der Vermieter gesagt. Das kann ich bestätigen. Außerdem liegen alle Fenster, außer der Milchglasscheibe im Bad, zur selben Seite. Wenn ich rausschaue, sehe ich entweder eine Wand aus Nadelbäumen oder, schräg gegenüber, das Obst- und Gemüsegeschäft, von dem ich dir erzählt habe. Ich hab mich heut Morgen dabei ertappt, wie ich mit mir selbst Wetten abgeschlossen habe, wer von denen, die reingehen, wie lange drinbleiben wird. Da fehlte nur noch das Kissen unter den Ellbogen. Dann schon lieber das weibliche Geschlecht damit beeindrucken, dass einem aufgefallen ist, dass sie die Haare gefärbt hat. Ebenholz heißt die Farbe. Damit übertönt sie die ersten Grauen. Sie kommt sich alt

vor, weil sie über vierzig ist, dabei sieht sie tadellos aus.
Ist alles dran an ihr.
Frauen.
Sie hat gesagt, die Baskenmütze verdeckt meine maskuline Stirn. Wieso hast du mir das nie gesagt?

Mach's gut, Alter,

Sven

PS: Stell dir vor: Sandra war noch nie Segeln!

In der Zeitung stand, die Polizei könne noch nicht sagen, wie es zu dem tragischen Unfall gekommen sei. Die 28-Jährige sei aus bisher ungeklärten Umständen auf die Fahrbahn gestürzt. Man vermute, sie sei möglicherweise mit ihren hohen Absätzen im Gully hängen geblieben und gestolpert. Der Pfirsich wurde nicht einmal erwähnt.

Yvonne wurde weit weg von Maulheim in der Großstadt beerdigt, und keiner ihrer neuen Freunde war dabei. Daher gab es keine geeignete Gelegenheit, keinen angemessenen Ort, sich über das schwer Fassbare auszusprechen. Man befand sich in einer Art ehrfürchtigem Schockzustand, und wie aus Respekt vor der Toten und aus Angst, versehentlich in einem unbedachten Moment etwas Pietätloses von sich zu geben, sprach man davon nur mit gedämpfter Stimme und gesenktem Blick. Nicht einmal Frau Klammroth wollte mehr darüber sagen als ein einziges Wort: Schlimm. So erschlagen war sie von dem plötzlichen Verschwinden ihrer jungen Bekannten, die eben noch da gewesen war, fröhlich, lebendig, unverletzlich.

Es war ein großes Unglück, und es nagte an uns allen. In diesem Fall schließe ich mich mit ein, denn meiner Meinung nach war Yvonne in dem ganzen intrigenverseuchten Nest das strahlende Licht eines rechtschaffenen Menschen gewesen, der es gut mit sich und der Welt meinte, und genau so werde ich sie auch immer in Erinnerung behalten: blond, heiter, unvoreingenommen, den schönen Dingen des Lebens aufgeschlossen, eine Hutliebhaberin.

In Gedenken an Yvonne Anzis bleibt die folgende Seite unbedruckt.

Der Tod muss abgeschafft werden.
Diese verdammte Schweinerei muss aufhören.
Wer ein Wort des Trostes spricht, ist ein Verräter.
BAZON BROCK

Der Himmel war klar über Maulheim. Hoch, blau und so gestochen scharf wie feste Materie spannte er sich über den steilen, dunkelgrünen, dicht mit Nadelholz bestandenen Bergen, dem schlichten, eckigen Turm der Backsteinkirche, dem Schwimmbad, das, betrachtete man es aus der Vogelperspektive, aussah, als sei ein Stück hellblaue Farbe vom Himmel getropft, so makellos und unberührt wirkte die Oberfläche. Es war Samstagvormittag, da hatte der Maulheimer Wichtigeres zu tun, als schwimmen zu gehen. Er musste Auto waschen, einkaufen und große braune Papiersäcke mit Grünmüll füllen. Väter schwangen unter ohrenbetäubendem Lärm ihre Motorheckenscheren über mannshoch gewachsene buschige Grundstücksbegrenzungen, Mütter fegten die Straße, und die Kinder halfen, die wie Sägespäne herabfallenden Zweigstücke einzusammeln. In der Mitte des Tales, weit entfernt von Frau Jasmins Laden, stand, etwas erhöht, am Rande des Stadtparks, die verwaiste Villa Richard Steltens mit herabgelassenen Rollläden.

Am Fuße des kleinen Hügels saßen einige wenige Maulheimer auf schmalen orangefarbenen Holzbänken im einzigen Biergarten des Städtchens. Unter hohen Linden, zwischen denen bunte Lichterketten gespannt waren, die das Areal abends in ein kindliches Licht tauchten, war die Luft selbst jetzt am späten Vormittag noch nicht drückend, da sich der Platz in einer leichten Senke ans Ufer eines Flusses schmiegte. An der Wasserseite wurde der überschaubare Kiesplatz durch ein Stahlrohrgeländer begrenzt, das auf einer Uferbefestigung aus groben Steinblöcken montiert war. Am späten Nachmittag würde die Maulheimer Jugend ein paar Bierbänke darüberhieven und sie ins um diese Jahreszeit nur kniehohe Wasser stellen, um sich so von oben und unten Kühlung zu verschaffen.

Die wenigen Gäste, die um kurz nach halb elf den schattigen Platz mit den beiden Selbstbedienungshütten bevölkerten, teilten sich auf in diejenigen, die sehr zeitig aufgestanden waren und ihr Tagwerk, das am Samstag nur ein halbes war, bereits erledigt hatten, und jene, die auch werktags um diese Uhrzeit nichts zu tun hatten. Unter ihnen war Marianne Berg, die in der Nähe des Bierausschanks bei einem Weißwurstfrühstück saß.

Schräg gegenüber, an der breiten Öffnung des niedrigen Jägerzauns, der das Gelände umgab, erschien Isolde Klammroth mit einem leeren Stoffbeutel in der Hand und schaute unschlüssig über die Bankreihen. Sie war, wie immer, nach ihrem Besuch im Schwimmbad direkt zu Frau Jasmins Laden geeilt.

»Also, fast direkt«, würde sie später sagen, denn sie habe »nur ganz kurz zu Hause angehalten, weil die Badetasche so schwer war von den Pflaumen«. Das liege auf dem Weg, und sie sei nicht einmal die Treppe hochgegangen, sondern habe die Tasche mit den Schwimmsachen nur schnell im Hausflur abgestellt. Weil sie doch jeden Morgen um zehn komme, na ja, oder kurz nach zehn, und dass die Portler ihr einen ganzen Sack voll Pflaumen mitgebracht hätte, habe ihr heute alles durcheinandergebracht. Sie wisse ja nicht, was Frau Portler, die die letzten zehn Jahre nicht ein einziges Mal im Schwimmbad gewesen sei und jetzt auf einmal zwei-, dreimal die Woche, also, was sie damit bezwecke, säckeweise Obst aus dem Garten zu verschenken, ob sie sich damit irgendwie einkaufen wolle? Denn der eine kleine Baum werfe so viel nun auch wieder nicht ab, dass man derart viel verschenken müsse, und eine aus dem Schwimmbad, die es wissen musste, habe gemutmaßt, dass die Portler die Pflaumen womöglich im Supermarkt kaufe, so groß, wie die seien.

Jedenfalls sei wegen der geschenkten Pflaumen ihre Badetasche voll gewesen, und sie habe bei sich im Hausflur nur schnell einen kleinen Stoffbeutel, den sie für Notfälle immer im Außenfach habe, herausgenommen, den feuchten Badeanzug übers Geländer gehängt und sei dann gleich weiter zum Laden. Sie habe heute ohnehin nur einen Salatkopf und ein paar Tomaten kaufen wollen, dafür brauche sie die große Tasche nicht.

Sie sei also höchstens ein paar Minuten später als sonst dran gewesen, aber als sie angekommen sei, habe an der Ladentür ein handgeschriebener Zettel geklebt, auf dem stand: »Heute geschlossen.« Einfach so. »Heute geschlossen.« Frau Klammroth war dann, weil sie nicht mit dem leeren Beutel und ohne Gespräch nach Hause zurückwollte, weitergelaufen, Richtung Stadt.

Dass Frau Jasmin ihren Laden zumachte, ohne Begründung, nicht etwa »wegen Krankheit« oder »Inventur«, sondern einfach so, »Heute geschlossen«! Was sollte das denn heißen? Man machte doch nicht grundlos seinen Laden dicht. Mitten am Samstag! Das musste etwas zu bedeuten haben. Möglich, dass Frau Jasmin es nicht mehr ertragen hatte, dass so wenig Kunden kamen. Und nun war sie selbst, die treueste Stammkundin, auch weggeblieben. Frau Klammroth sah bedrückt aus.

»Jetzt trinken Sie erst mal einen«, sagte Marianne Berg und stellte zwei frische Krüge Weißbier auf den Tisch.

»Oh, das ist mir jetzt aber unangenehm, ich wollte Sie eigentlich nicht beim Essen stören«, sagte Frau Klammroth, während sie sich auf die Bank sinken ließ. »Was kriegen Sie denn für das Bier?«

»Ist schon in Ordnung«, winkte Berg ab, »Sie zahlen das nächste.«

»Ich hoffe, Sie nehmen mir das nicht übel, dass ich Sie einfach angesprochen habe, aber wie ich Sie da hab sitzen sehen, da dachte ich, ich kenne Sie, Sie sind doch eine Freundin von Frau Jasmin, nicht wahr? Haben Sie nicht früher bei der Zeitung gearbeitet, Frau …?«

»Berg«, ergänzte Marianne, »ja, das stimmt. Aber lassen wir doch die Vergangenheit ruhen, sonst wird uns noch das Bier warm«, sie stemmte ihren Krug. »Prost, Frau Klammroth!«

Sie stießen an und versenkten die Nasen im Steingut.

»Und Sie gehen wirklich jeden Morgen in den Laden?« Marianne wischte sich den Schaum von der Oberlippe.

»Das ergibt sich so«, erwiderte Klammroth, nachdem sie ihren Krug mit beiden Händen abgestellt hatte, »um die Zeit bin ich mit dem Schwimmen fertig. Man muss sich ja fit halten. Ich sag immer, es kommt nicht darauf an, wie viel man macht, aber regelmäßig muss es sein. In meinem Alter muss man keine Rekorde mehr aufstellen. Jeden Tag schwimme ich zehn Bahnen«, sie beugte sich ein wenig über den Tisch und lächelte, »das ist das Rentnerpensum!«

Marianne steckte sich eine Zigarette zwischen die Lippen und fragte: »Wie lange sind Sie denn schon in Rente?«

»Wie meinen Sie das?«, auf einmal stellte sich Frau Klammroth dumm.

»Na«, nuschelte Marianne, während sie sich die Zigarette anzündete, »ich meine, wie lange Sie schon nicht mehr arbeiten.«

»Das kann ich so in dem Sinne eigentlich nicht sagen«, wand sich Frau Klammroth, die nicht so gern darüber sprach, dass sie nie in ihrem Leben einen Finger hatte krumm machen müssen, zumindest nicht, um Geld zu verdienen. Ihre Eltern hatten in Maulheim ein angesehenes Lampenhaus geführt und ihrer einzigen Tochter neben dem Gebäude, in dem sich das Geschäft befunden hatte, auch das Mietshaus vererbt, in dem sie heute noch wohnte. Seitdem lebte sie von Mieteinnahmen. Das junge Fräulein Isolde war in der glücklichen Lage gewesen, keinen Ernährer zu brauchen, und hatte sonst keinen Grund gesehen, ihr Leben mit einem Mann zu teilen.

»In welchem Sinne können Sie es denn sagen?«, bohrte Marianne und nahm noch einen Schluck Hefeweizen.

»Wir waren früher selbständig.« Frau Klammroth rettete sich in den Familienplural. »Und heute lebe ich von Ersparnissen.«

»Da sind wir in derselben glücklichen Lage«, sagte Berg, jetzt Mitte des zweiten Bieres schon etwas schwungvoll, »ich bin auch Privatier!«

Frau Klammroth lächelte erleichtert und sagte hilflos: »Wie nett.«

»Wissen Sie«, fing Marianne an zu dozieren, »der Nutzen, den die Erwerbstätigkeit für die Gesellschaft hat, wird meiner Meinung nach überschätzt. Wieso soll unsereiner, der von niemandem etwas will«, sie machte eine dramatische Pause, »der einfach nur in Ruhe im Biergarten sitzt und die Konjunktur belebt, die Solidargemeinschaft schädigen? Kann mir das mal jemand erklären? Klar bekomm ich Unterstützung«, sie begann sich zu ereifern, »die hab ich auch nötig. Aber ich bring doch das Geld auch wieder zurück«, sagte sie jetzt eindringlich, »ich reinvestiere!«

Eine Wespe kreiste um Mariannes Bierkrug. Sie fischte mit dem Mittelfinger einen Tropfen Schaum, pflanzte ihn mit dem ausgestreckten Arm rechts neben sich auf den Tisch und sagte: »Wohl bekomm's.« Die Wespe folgte dem Bierfinger, ließ sich ohne Umschweife an der kleinen Pfütze nieder, soff und wackelte dabei genüsslich mit dem Hinterleib.

»Wie haben Sie das gemacht?«, fragte Frau Klammroth fassungslos.

Marianne zuckte mit den Schultern und sagte: »Ich finde einfach, jeder sollte das bekommen, was er mag.«

»Ach, sehen Sie«, sagte Klammroth aufgeregt und deutete mit dem Kinn Richtung Ausschank, »da ist der neue Kommissar.«

»Was ist denn aus dem alten geworden?«, fragte Marianne Berg sarkastisch.

Frau Klammroth ignorierte die Bemerkung. Sie passte den Moment ab, in dem Feinkorn sein Glas von der Theke griff und sich in ihre Richtung drehte, bis sich ihre Blicke trafen. Sie winkte und rief: »Genießen Sie auch das schöne Wetter?«

»Ja, ja«, machte der Kommissar und stapfte durch den Kies in ihre Richtung, denn eine andere gab es nicht, da sich der Ausschank nahe dem Eingang befand.

»Wir haben Sie heute vermisst«, rief Frau Klammroth weiter und beugte sich dabei so weit nach links, dass sie fast von der Bank gefallen wäre. Feinkorn, nun ungefähr auf Höhe ihrer Bankreihe, war noch nicht bewandert in der Kunst der flachen Konversation im Vorübergehen, die in kleinen Orten, wo jeder jeden kennt und sich daher alle überall begrüßen, um sich nicht vorwerfen lassen zu müssen, man kenne einen neuerdings nicht mehr, das probate Mittel ist, der Etikette zu genügen, ohne allzu viel Zeit mit einem unerwünschten Gespräch zu vergeuden. Anstatt einfach freundlich zu nicken, mit dem vollen Glas zu winken und weiterzugehen, bog er ab und kam die wenigen Schritte, die zwischen ihnen lagen, an Klammroths und Marianne Bergs Tisch.

»Ich sagte, wir haben Sie heute morgen vermisst«, knüpfte Frau Klammroth nun in normaler Lautstärke an.

»Ja, ich konnte nicht«, sagte der Kommissar und stellte seine Apfelschorle ab.

»Der Herr Kommissar ist immer so fleißig«, sagte Frau Klammroth zu Marianne Berg, und wieder an Feinkorn gewandt: »Haben Sie Ihren hübschen Computer heute gar nicht dabei?«

»Nein, der ruht sich heute aus«, antwortete der Kommissar in einem Tonfall, der heißen konnte: »Und das würde ich auch gerne tun.«

»Heut war es herrlich im Wasser«, schwärmte Frau Klammroth. »Man hatte das ganze Becken für sich. Ach, das hätte Yvonne gefallen.« Sie schaute betrübt in ihr Bier.

»Auf Yvonne!«, toastete Marianne und hob ihren grauen Steinkrug in die Höhe. »Eine Frau, die gern allein war.«

»Na, ja, so wollte ich das nicht gesagt haben«, sagte Frau Klammroth verlegen, »ich meinte eher, sie fand es schön, wenn das Becken nicht so voll war.«

»Na, dann«, korrigierte sich Marianne, »auf Yvonne: eine Frau, die gern die Einzige im Wasser war.«

»Das kann man jetzt so auch nicht sagen«, mäkelte Klammroth, »sie hat sich schon gern mit den anderen Badegästen unterhalten. Auch während des Schwimmens.«

Feinkorn, der sein Glas bereits zum zweiten Mal umsonst gehoben hatte, sah nun ein, dass das hier etwas länger dauern würde, und setzte sich.

»Moment«, hob Marianne an und trank erst mal einen Schluck. Dann setzte sie ihren Krug ab und formulierte: »Auf Yvonne, eine Frau, die gern in Gesellschaft war, es aber auch zu schätzen wusste, wenn sie im Wasser genug Platz hatte.«

»Aber so richtig feierlich klingt das nicht«, sagte Frau

Klammroth geknickt. Sie knetete mit unglücklicher Miene ihre Hände und fragte: »Was meinen Sie, Herr Kommissar?«

»Ich hab Ihre Freundin leider nicht gekannt«, antwortete er.

»Ja, da sagen Sie was«, sie nickte wissend vor sich hin. »Yvonne hätte Sie bestimmt gern kennengelernt. Sie war nämlich auch neu in Maulheim. Und es hat ihr so gefallen in unserem kleinen Städtchen, das würde man bei so jemandem gar nicht denken. Wissen Sie, Yvonne kam nämlich aus der Großstadt.«

Nach dem letzten, besonders betont ausgesprochenen Wort sah Frau Klammroth den Kommissar so auffordernd an, dass der sich genötigt fühlte, ein »Ah« von sich zu geben, was anerkennend wirken sollte, aber etwas hilflos klang.

»Was meinen Sie, Frau Berg«, fuhr Klammroth fort, »unsere Yvonne und der Herr Kommissar hätten sich sicher gut verstanden, oder?«

»Mit leerem Krug sag ich gar nichts«, beschied diese.

Feinkorn musste grinsen.

»Wollen Sie auch eins?«, fragte sie ihn, als sie die Beine über die Bierbank hob.

Er nickte und setzte die braune Mütze ab.

»Ist ganz schön warm unter dem Wildleder, was?«, meinte Frau Klammroth, während Marianne Berg über den Kies davonknirschte.

»Vielleicht leg ich mir für den Sommer einen Strohhut zu«, scherzte der Kommissar, woraufhin die dünne Grauhaarige wieder ihre traurige Miene aufsetzte.

»Yvonne hätte Sie da gut beraten können«, sagte sie leise, »sie hatte sehr viele Hüte.«

Feinkorn schwieg.

»Wissen Sie«, bemerkte sie ernst, »in meinem Alter hat man nicht mehr so viele Freunde, und man versteht sich auch nicht mit jedem. Frau Jasmin und ich haben früher viel miteinander geredet.« Sie machte eine kleine Pause. »Bis dieser Sebastian auftauchte.«

Feinkorn leerte seine Apfelschorle.

»Ich glaube, den sind wir endgültig los«, beschied sie und nahm einen tiefen Zug aus dem Bierkrug, »der kommt nicht wieder«, sie stellte den Krug hart aufs Holz, »nicht nach dem, was er sich im Schwimmbad geleistet hat.«

»Wieso sind Sie so sicher, dass er der Einbrecher war?«, fragte Feinkorn.

Nun blühte Klammroth auf. Sie zählte mit den Fingern ab: »Numero eins: Er war jede Nacht im Schwimmbad, also am Tatort. Numero zwei: Er ist direkt danach verschwunden und nicht wieder aufgetaucht. Numero drei: Er hat niemandem von seiner Herkunft erzählt und uns alle damit hinters Licht geführt. Vagabund hin oder her, wenn Sie mich fragen, verhält sich so nur einer, der Dreck am Stecken hat.« Wie zur Bekräftigung nahm sie noch einen Schluck aus dem Steinkrug. »Außerdem hört man so einiges«, setzte sie hinzu.

»Was denn so?«, fragte der Kommissar entspannt, aber bevor Frau Klammroth antworten konnte, kam Marianne Berg zurück und stellte drei Krüge frisch Gezapftes auf den Tisch.

»Ach, ich wollte eigentlich gar keins«, wandte Frau Klammroth ein, aber Marianne plumpste auf die Bank mit den Worten: »Quatsch. Auf einem Bein kann man nicht stehen, und jetzt zurück zum Andenken Ihrer Freundin. Wir haben volle Krüge, jetzt brauchen wir einen ordentlichen Toast. Wie war sie denn nun, Ihre Yvonne?«

Frau Klammroth schaute etwas unsicher in die Runde, aber da die beiden anderen sie erwartungsvoll ansahen, fühlte sie sich in der Pflicht. Um die ihr unerwartet geschenkte Aufmerksamkeit noch ein paar Sekunden auszudehnen, räusperte sie sich, schlug kurz die Augen nieder und sagte schließlich sehr gemessen: »Groß war sie. Und elegant. Sie hatte so weiche blonde Haare. Naturblond, wissen Sie, sie war eine richtige Dame. Zu allen freundlich und hilfsbereit. Sie ging gern aus, ins Theater und in Museen. Dann trug sie sehr schicke Kleider. Und Hüte. Sie trug gern Hüte.« War Frau Klammroths verklärter Blick bei der Schwärmerei über ihre junge Freundin in eine glänzende Ferne, in der sich Yvonne jetzt zu befinden schien, gerichtet gewesen, so sank sie jetzt traurig in sich zusammen, und man konnte sehen, dass ihre Wangen leicht gerötet waren.

Nach einer angemessenen Pause erhob sich Marianne

Berg, stemmte ihren Krug und sagte: »Wir trinken auf Yvonne: eine Frau, die wusste, was Spaß macht.«

»Auf Yvonne«, wiederholten die anderen beiden, und das Steingut schlug dumpf aneinander.

Während Marianne sich wieder setzte und eine Zigarette anzündete, fragte der Kommissar: »Und was hört man nun über Sebastian von Coburg?«

Frau Klammroth erklärte: »Herr Feinkorn fragt sich, warum wir Sebastian im Verdacht haben, alle denken doch, dass er derjenige war, der beim Bademeister im Büro eingebrochen hat, nicht wahr?«

»Kann schon sein«, Marianne blies grauen Rauch in den hellblauen Himmel. »Der war bestimmt auch scharf auf die Spieluhr.«

»Welche Spieluhr?«, fragten Klammroth und der Kommissar gleichzeitig.

Marianne bemerkte nun offenbar trotz des inzwischen dritten halben Liters Bier, dass sie gerade ein Fass aufgemacht hatte, in das die beiden anderen nicht zu tief blicken durften, wenn sie keinen Ärger mit ihrer Freundin Sieglinde bekommen sollte. Sie wedelte mit der Hand, die die Zigarette hielt, vor ihrem Gesicht herum, als könnte sie ihren letzten Satz damit verscheuchen, und sagte unbestimmt: »Vielleicht war es auch irgendein Kästchen, so genau weiß ich nicht, was Fischer da in seinen Schränken rumstehen hat.«

»Aber Sie glauben, es war etwas, wofür es sich lohnte, dort einzubrechen«, hakte Feinkorn nach.

Marianne rettete sich, indem sie mit den Lippen fest den Filter umschloss, und zog die Augenbrauen hoch.

Frau Klammroth wetterte: »Wieso sagt dann der Fischer, dass nichts gestohlen wurde? Und auf der anderen Seite hat jemand das Schloss am Schrank aufgebrochen. Sage mir jemand: Wie passt das zusammen?«

Nun wiederum war für Feinkorn etwas zu viel Information auf den Biertisch gekippt worden. Er hatte keine Ambitionen, mit den beiden Damen seinen bereits zu den Akten gelegten Fall zu erörtern. Er würde auch so erfahren, was Fischer ihm verschwiegen hatte.

»Darf ich Sie um eine anschnorren?«, fragte er Marianne und deutete auf die rote Schachtel.

»Seien Sie mein Gast«, nuschelte Marianne mit der Zigarette zwischen den Zähnen und vom Rauch halb zugekniffenen Augen. Während sie ihm Feuer gab, musterte sie ihn durch ihren dunkelbraunen Pony. Er trug ein hellgrünes Hemd mit Batikmuster, schien aber ansonsten ein netter Kerl zu sein.

»Jetzt haben Sie mir ein Bier und eine Zigarette ausgegeben«, sagte er nach dem ersten genüsslichen Zug, »und ich habe mich nicht mal ordentlich vorgestellt.« Er reichte ihr die Hand. »Sven Feinkorn.«

Sie griff zu und erwiderte: »Berg.«

Eine Weile unterhielten sie sich über den Biergarten, der, da war man sich einig, ein guter Ort war, um Leute zu treffen, besonders an einem so herrlichen Tag wie heute.

Ob es so etwas auch in Norddeutschland gebe, wollte Frau Klammroth wissen.

»Die Sonne scheint für alle, Frau Klammroth, auch für die Norddeutschen«, sagte Marianne, und Feinkorn grinste dazu.

Nein, sie meine doch die Biergärten, und überhaupt: ob der Kommissar sich gut eingelebt habe. Dann zählte sie auf, was man in Maulheims bergiger Landschaft alles unternehmen konnte: Nordic Walking, Mountain Biking, Klettern und sogar Ballonfahren. Ob er schon einmal auf dem Segelflugplatz gewesen sei?

Sich in die Luft zu erheben sei nicht so sein Metier, antwortete Feinkorn. Er nutze die Windkraft lieber zum Segeln.

Am Gardasee sei sie einmal einen Tag lang auf einem Boot gewesen, erzählte Marianne Berg, und habe sich am Abend an Land das Steißbein angeknackst, weil ihr so schwindelig gewesen sei, dass sie sich in der Kneipe neben die Toilettenschüssel gesetzt habe. Sie sehe sich aber sehr gern alte Piratenfilme mit Burt Lancaster an und sei bereit, sich ein zweites Mal auf ein Segelschiff zu begeben, allerdings nur unter der Voraussetzung, dass sie wenigstens einmal so etwas rufen dürfe wie »Brahmsegel setzen!« oder »Hisst die Rah!«. Und das Schiff dürfe selbstredend den Hafen dabei nicht verlassen.

Als das Bier zur Neige ging, bot sich Feinkorn an, die nächste Runde zu holen.

Frau Klammroth wehrte ab: »Nein, nein, für mich

nicht mehr. Ich habe schon zu viel getrunken.« Aber es klang ein wenig halbherzig.

»Was Ihnen fehlt, ist eine ordentliche Grundlage«, stellte Berg fest. »Jetzt lohnt es sich auch nicht mehr, nach Hause zu gehen und was zu kochen. Die haben hier einen hervorragenden Schweinsbraten.«

»Das ist es nicht«, erwiderte Frau Klammroth inzwischen ziemlich angeschickert, »aber ich krieg von zu viel Weißbier immer Blähungen.«

»Dann nehmen Sie halt ein Pils«, empfahl Marianne Berg achselzuckend.

»Also, zwei Bier, ein Schweinebraten und ein Pils?«, versicherte sich Feinkorn.

»Dann komm ich aber mit«, sagte Frau Klammroth und stand auf, »das können Sie ja alleine gar nicht alles tragen.«

Im Weggehen sagte Feinkorn: »Gegen die Blähungen weiß ich was: Schalotten!«

»Rohe Zwiebeln? Wie soll das denn gehen?«, fragte Klammroth entgeistert.

»Nicht Zwiebeln«, antwortete Feinkorn, »Schalotten. Fünf Stück. Sie müssen sie vorher kochen. Und dann trinken Sie nur den Saft.«

Sie entfernten sich Richtung Ausschank.

Die besten Fische schwimmen am Grund

Re: AW: Kaffeegenuss

Geehrter Don Manfred,

nobel von dir, dass du dir Sorgen darüber machst, ich könnte in falsche Hände geraten. Aber deine christliche Fürsorge ist unnötig. Außerdem sagt der Ermittler in mir, dass dein Motiv ein anderes ist. Du befürchtest doch eher, dass meine Hände an etwas Falsches geraten. Sei beruhigt: Sandra ist eine erwachsene Frau und ihr Mann ein Idiot. Offenbar leben die beiden schon länger nur noch nebeneinanderher. Wieso soll ich mich zurückhalten? Weil der Bademeister zu dämlich ist, zu erkennen, was er da zu Hause hat? Vielleicht war er die letzten Jahre auch zu beschäftigt mit seinen außerehelichen Affären. Das haben mir gestern zwei sehr nette Damen im Biergarten erzählt. Ob »Damen« allerdings der passende Begriff ist? Zwei halbe Liter Bier trinken die hier vor dem Mittagessen. Die Weiber scheinen mir hier im Allgemeinen etwas handfester zu sein als bei uns. Muss aber kein Nachteil sein.

Und? Was macht deine Liste? Du weißt, es ist bald so weit. Als kleiner Ansporn: Die 50er-Marke liegt weit hinter mir! Du hattest nie eine Chance gegen mich.

So. Nun muss ich los. Sandra und ich gehen heut ins Kino. Nein, nicht, was du denkst. Nur Kino. Vielleicht noch ein Getränk hinterher. Ist ja nicht verboten.

Hau rein,

Sven

Auch wenn es so aussah, als käme Sebastian nun nie an die Kohle, wegen der wir hergekommen waren, hatte ich inzwischen einen perfekten Plan entwickelt, mit dessen Hilfe wir Maulheim und den Obstladen schon bald hinter uns lassen könnten. Sebastian litt mittlerweile unter Lagerkoller, da er die Pension tagsüber kaum noch verlassen konnte. Und zum Herumtigern war zwischen dem telefonzellengroßen Badezimmer und dem überflüssigerweise mit hässlichen Polstermöbeln zugestellten kleinen Zimmer nicht viel Platz. Die Wirtin war zwar dankbar darüber, dass ich mein Zimmer selber putzte, lag mir aber seit Tagen mit der Rechnung in den Ohren. Als ob sie ahnte, dass ich niemals vorgehabt hatte, sie zu bezahlen.

Bei meinem nächsten Besuch im Schwimmbad suchte ich ohne Umschweife Fischers Hochsitz auf und sagte ihm direkt, er solle herunterkommen, ich hätte ihm ein Geschäft vorzuschlagen.

»Wer sind Sie überhaupt? Und was wollen Sie von mir?«, fragte er blöde.

Ich hatte es langsam satt, mit den Trantüten hier zu reden wie mit verschreckten Schafen, und blaffte: »Wenn Sie nicht wollen, dass ich den Coburgs erzähle, wer ihre Spieluhr geklaut hat, dann kommen Sie jetzt runter.«

Er gehorchte und wurde etwas blass unter seiner Sonnenbräune. »Kommen Sie«, sagte er geheimnistuerisch, »gehen wir in mein Büro.«

»Nein, ich will nicht mit Ihnen alleine in einem abgesperrten Raum sein«, widersprach ich. »Setzen wir uns auf die Terrasse.«

»Da können wir nicht in Ruhe reden. Zu viele Leute.«

»Dann müssen wir eben einen Ort finden, wo wir unter Menschen sind und uns trotzdem keiner belauschen kann«, sagte ich.

So kam es, dass ich mit dem Bademeister des Maulheimer Schwimmbads neben dem Wasserpilz stand und wir über den rauschenden Schwall hinweg versuchten, uns zu unterhalten.

»Damit das klar ist: Ich lasse mich nicht erpressen«, sagte er laut.

»Das will ich auch nicht. Ich kann das Ding für Sie verkaufen. Ich bin die Freundin von Yvonne«, rief ich zurück.

»Yvonne«, schrie er, »es tut mir leid, was ihr passiert ist. Herzliches Beileid!« Es klang merkwürdig, wenn man es brüllte.

Ich nickte. »Danke. Sie wollte, dass ich Ihnen beim Verkauf helfe. Ich hab jemand an der Hand, der würde Ihnen 6000 Euro dafür bezahlen!«

Er schüttelte den Kopf: »Im Internet steht, dass sie mindestens 8000 wert ist!«

»Im Internet steht auch, dass man nicht alles behalten darf, was man findet«, übertönte ich das Rauschen.

»Bitte?«

Hatte er mich tatsächlich nicht verstanden? Ich

drehte mein Gesicht mehr in die Richtung seines Gehörgangs und sagte sehr laut und deutlich: »Das Ding ist heiß.«

Fischer steckte beide Daumen in den Bund seiner knappen weißen Shorts. »Und wie wollen Sie beweisen, dass ich es habe?«

»Das muss ich gar nicht.«

»Was???« Er hielt sich die Hand ans Ohr. Nun hatte ich auch den Eindruck, dass das Tosen anschwoll. Überhaupt schien das der lauteste Wasserpilz Deutschlands zu sein.

»Das muss ich nicht!«, schrie ich in Fischers Richtung, »das kommt eh raus, wenn Sie damit in einen Laden gehen!«

Jetzt erschien er mir geistig überfordert. Ich nutzte das sofort aus und brüllte in die Pause: »Sie wollen die Uhr doch verkaufen! ANONYM!«

Das letzte Wort hatte ich wohl etwas zu laut gerufen, denn ein kleiner Junge, der eben unter dem flüssigen Vorhang hervorgewatschelt war, hopste nun erschrocken zurück unter die Wasserpeitsche.

»Das Gespräch ist beendet«, dröhnte Fischer, und ich dachte: ›Was für ein Idiot.‹

Während ich das Schwimmbad verließ und beschloss, meine Kontaktperson erst mal in dem Glauben zu lassen, ich stünde noch in Verhandlungen mit demjenigen, der im Besitz der Spieluhr war, spielte sich hinter der verwitterten grünen Holztür des kleinen freistehenden Häuschens in der Nähe der Backsteinkirche ein ganz anderes Drama ab.

Marianne Berg hatte den Rest des Vormittags damit verbracht, ihre Lieblingsplatte zu hören und ihren Rausch vom Vorabend aufzuwärmen. Zu einer Flasche Cabernet hatte sie sich vergangene Nacht ins Bett gekuschelt und »The Early Years« von Tom Waits aufgelegt. Geleitet von sanften Gitarrenklängen und der rauen melancholischen Stimme war sie, gleich nachdem sie den letzten Rest des schweren Rotweins geleert hatte, in einen tiefen traumlosen Schlaf gesunken.

Sie träumte nie. Dafür sorgte der Cabernet. Einmal pro Nacht wachte sie auf, tastete sich ins Bad und fingerte aus der Schachtel, die sie für diesen Zweck neben dem Klo deponiert hatte, eine Zigarette. Im Halbschlaf machte sie drei, vier Züge, und wenn sie fertig war mit Pinkeln, warf sie die Kippe dazu. Danach tapste sie wieder zurück in ihr Bett und schlief weiter wie ein Baby.

In den letzten Jahren hatte sie sich angewöhnt, so lange bei herabgelassenen Rollos im Bett liegen zu bleiben, bis sie ihre erste Zigarette geraucht hatte. Geweckt wurde sie meistens von ihrem Rücken, der so nach ungefähr neun Stunden Liegen anfing zu schmerzen. Eine Uhr hatte sie im Schlafzimmer schon lange nicht mehr. Es wird wohl so gegen zehn oder elf gewesen sein, als sie beschloss, den Tag mit »Jockey Full Of Bourbon« aus dem Album »Raindogs« und einem Caffè corretto zu beginnen.

Während die Espressokanne auf dem Herd spräuzelte und sie den Grappa in die Tasse goss, saß zwei Dörfer weiter Sebastian auf der Bettkante inmitten der grüntapezierten Pensionshölle und beschloss, aktiv zu werden. Er besorgte im türkischen »Birlik Market« ein paar Himbeeren und machte sich auf den Weg nach Maulheim.

In Mariannes Küche roch es inzwischen nach Schinken, Käse und Zwiebeln, was nicht an einem plötzlichen Anfall von Kochlust lag, sondern an der halben Pizza, die sie sich gestern bestellt hatte und die nun hübsch beleuchtet in der Mikrowelle ihre Kreise zog. Marianne hatte gute Laune. Draußen lärmte irgendwo die Alarmanlage eines Autos, aber das störte sie nicht weiter. Sie tänzelte von der Anrichte zum Hochschrank, um sich die kleine Flasche mit Worcestershire-Sauce zu holen.

Sie mochte Tage, die mit aufgewärmtem Essen begannen. Gab es etwas Entspannteres, als morgens keinen Gedanken darauf zu verschwenden, was man sich zum Frühstück machte? Wie herrlich, wenn etwas einfach schon so dalag. Fertig zubereitet, sofort essbar, griffbereit. Etwas, wofür man nicht den Kühlschrank durchforsten, worüber man keine Sekunde nachdenken musste, weil man sich vorher schon einmal bewusst dafür entschieden hatte. Etwas, worauf man Worcestershire-Sauce träufeln konnte.

Während die halbe Pizza heiß lief, zündete sie sich eine Zigarette an, die sie nach dem ersten Zug auf der Spüle ablegte, um sich ihr Tablett mit Besteck, dem Caffè corretto, einem Glas Wasser und dem Saucenfläschchen zu richten. Als die Mikrowelle plingte, stellte sie den warmen Teller dazu und zog um ins Wohnzimmer.

Sebastian musste um diese Zeit schon im Bummelzug sitzen. Zuerst hatte er erwogen, die sieben Kilometer zu Fuß zurückzulegen. Es war ein schöner Sommervormittag, nicht zu heiß, und eine kleine Wanderung würde seinen eingesperrten Gliedern gut tun. Aber wenn er keinen allzu großen Umweg in Kauf nehmen wollte, musste er ein gutes Stück des Weges an der Straße entlanggehen. Zu groß war die Chance, dass einer der Menschen, die im Auto an ihm vorbeifuhren, ihn erkannte. Mit der Bahn zu fahren war sicherer. Kein Maulheimer, der motorisiert war, setzte sich in einen Zug. Schon gar nicht am Sonntag.

Nachdem Marianne ihr Frühstück beendet hatte, fiel ihr die Zigarette in der Küche ein, und sie stand auf, um sie zu Ende zu rauchen. Sie war inzwischen in die Spüle gefallen und erloschen. Marianne klaubte sie aus dem Ausguss und warf sie in den Mülleimer.

Da sie schon einmal stand, machte sie ein bisschen Ordnung, holte das Tablett aus dem Wohnzimmer, wusch ihr Geschirr ab und räumte die Küche auf, bis es Zeit war, sich mit dem ersten kleinen Bierchen und der

Zeitung auf den kleinen Balkon im ersten Stock zu setzen. Sie holte die dicke weiße Liegestuhlauflage aus der Ecke des Bügelzimmers, in dem nie jemand bügelte. Auf den Plänen des Architekten war es als *Kinderzimmer* aufgeführt, aber Marianne nannte es das Bügelzimmer, so wie das daneben liegende *Elternschlafzimmer* bei ihr Balkonzimmer hieß. Es war herrlich, hier auf dem eigenen kleinen Stück Freiland, schwebend über dem rostigen Gartenzaun, auf weichem Polster unter dem sandfarbenen Sonnenschirm zu liegen. Marianne, zwei Zeitungen auf dem Schoß und die Zigaretten in Griffweite, langte nach ihrem Pilsglas, betrachtete die perfekte Tulpe und dachte: ›Was braucht der Mensch mehr?‹

Und kommen Sie mir jetzt nicht mit: »Woher will die wissen, was Marianne Berg in diesem Moment gedacht hat?« Was sollte sie sonst in so einem Moment denken? Gut, vielleicht dachte sie auch: ›Mir hängt der Pony jetzt bald bis zum Unterlid, ich muss unbedingt zum Frisör.‹ Hätte Ihnen das besser gefallen? Sind Sie jetzt zufrieden, dass Sie den schönen Moment kaputtgemacht haben?

Marianne tauchte mit der Oberlippe in den Schaum und trank einen köstlichen Schluck des kalten, würzigen Bieres. Die Samstagsausgabe des Maulheimer Tagblatts, die sie gestern mit in den Biergarten genommen hatte, dann aber nicht dazu gekommen war, sie zu lesen, titelte mit der Schlagzeile: »Fatale Gerüchteküche – Tierschützerin wegen übler Nachrede vor Gericht.« Das versprach, interessant zu werden. Es ging um angebliche

Missstände hinter den Kulissen eines mongolisch-chinesischen Restaurants. Marianne mochte diese Art von Selbstbedienungsläden nicht, in denen man sich mit einem Tablett zwischen den anderen Gästen und verchromten Gastrobehältern durchschob, um sich rohe Zutaten nach dem All-you-can-eat-Prinzip selbst auf den Teller zu häufen und dann zum Koch zu tragen. Das war doch grundverkehrt: Im Restaurant soll sich der Koch was ausdenken, und das wird einem dann an den Tisch gebracht, nicht umgekehrt! Außerdem fand sie, dass Menschen, denen es bei einem Restaurantbesuch hauptsächlich darauf ankam, möglichst viel Essen für möglichst wenig Geld in sich reinzuschaufeln, sowieso kein Recht auf Reklamationen irgendwelcher Art hatten. Marianne nahm sich zuerst die überregionale Sonntagszeitung vor und hob sich die chinesisch-mongolische Gerüchteküche als Bonbon auf. Etwas später, das Bierglas war leer, klemmte sie sich das Tagblatt unter den Arm und ging ins Untergeschoss zur Toilette. Auf dem Rückweg kam sie am Schlafzimmer vorbei. Schattig und kühl, die Bettdecke noch aufgeschlagen, muss es sie, die inzwischen schläfrig vom Bier und vielleicht ein wenig kreuzlahm von der Liege war, so sehr angezogen haben, dass sie trotz des herrlichen Wetters beschloss, sich kurz ins Bett zu legen. Sie griff nach der Schachtel auf dem Nachtkästchen, zündete sich eine Zigarette an und schlief über der Hund-im-Wok-Geschichte ein.

Es kann nicht viel später gewesen sein, als Sebastian mit dem Daumen auf den vergilbten Plastikknopf drückte. Er schaute auf das kleine Schälchen mit den Himbeeren in seiner Linken und war sich plötzlich nicht mehr so sicher, ob es eine gute Idee gewesen war, zu Marianne Berg hinaufzusteigen in der Hoffnung, sie würde ihm bei einer Zigarette und einem Glas Whisky etwas über den Verbleib der Spieluhr erzählen. Sozusagen von Außenseiter zu Außenseiter. Als Aufhänger sollten die Himbeeren dienen. Er hatte sich auch schon ein paar Sätze zurechtgelegt. »Es wird Sie vielleicht freuen zu hören, dass ich Sie in Zukunft nicht mehr mit Obstkörben belästigen werde. Ich bin gekommen, um mich zu verabschieden«, hatte er sagen wollen, oder: »Ich weiß, Sie stehen nicht so auf Obst, deshalb hab ich nur ganz wenige und ganz kleine Früchte mitgebracht.« Der Rest würde sich ergeben, wenn sie die Tür aufmachte. Da verließ er sich ganz auf seinen spontanen Charme und seinen Schlag bei Frauen.

Sebastian klingelte ein zweites Mal. Es würde sicher nicht schwer sein, zu Marianne einen Draht zu finden. Sie war, ähnlich wie er selbst, unkompliziert, weitgehend unabhängig von den Gefühlen anderer, zufrieden mit sich und kümmerte sich hauptsächlich um ihren eigenen Kram.

Das Haus stand still.

Andererseits waren es doch aber genau diese Eigenschaften, die es eher unwahrscheinlich machten, dass

Marianne irgendein Interesse oder einen Schimmer davon hatte, wo sich die Spieluhr befand.

Er lauschte. Sie schien nicht da zu sein. Vielleicht machte sie aber nur nicht auf, weil sie gerade die Hände voll hatte oder im Badezimmer war.

Er wartete eine Minute. Klingelte ein letztes Mal.

Dann stellte er die Himbeeren auf der schmalen Steinstufe vor der Haustür ab und ging.

Zur selben Zeit dachte Sandra Fischer im gegenüberliegenden Tal, weit hinter der roten Backsteinkirche, daran, ihrem Ehemann eine Riesenszene zu machen. Zumindest würde Wolfgang Fischer das so nennen. Da war sie sicher. »Das ist noch lange kein Grund, hier so eine Riesenszene zu veranstalten!«, würde er ihr unter Garantie an den Kopf werfen. Denn für Wolfgang Fischer war das Bestreiten des Vorhandenseins eines Problems offenbar die einzig ihm verfügbare Handlungsweise, wann immer eins in seiner Ehe auftauchte. Hauptsächlich waren das Ansprüche seiner Ehefrau auf körperlichen Kontakt, gelegentliche gemeinsame Unternehmungen oder auch nur, dass er mal was anderes zu ihr sagte als »Es wird spät heut Abend« oder »Ich geh noch mal mit dem Hund raus«. Wann immer sie ihm vorwarf, er würde sie vernachlässigen, niemals den Müll rausbringen oder sie im Halbschlaf mit falschem Vornamen anreden, fand er, dass sie deswegen nicht »so eine Riesenszene« zu machen brauche.

Wenn Sie mich fragen, hatte die verschmähte Bademeistersgattin Grund genug, ein ganzes Theaterstück aufzuführen. Wenn nicht schon all die Male davor, dann diesmal umso mehr. Schließlich hatte sie auf Feinkorns Fragen nach der Spieluhr – woher Fischer sie habe, ob sie der Grund für den Einbruch gewesen sein könne und ob sie überhaupt gestohlen worden sei – lediglich antworten können: »Keine Ahnung.« Und Sandra mochte es überhaupt nicht, als die Doofe dazustehen. Schon gar nicht vor ihrer neuen Bekanntschaft. Einem Mann, der aus einer ganz anderen als der Bademeisterwelt kam und dem sie beweisen wollte, dass sie auch etwas ganz anderes war als eine Provinzhausfrau, die ein bisschen am Kiosk mit dazuverdiente.

Sandra war nach der Verabredung mit dem Kommissar, zu Hause angekommen, sofort in den Garten gestürmt und hatte die Metallkiste mit der Spieluhr auf Anhieb gefunden. Sie befand sich in einer Zwischenwand von Prinz' Hundehütte. Fischer versteckte alles, was ihm wichtig war, hinter seinem Schäferhund. Sie hatte schon lange den Verdacht, dass er diesem abgerichteten Tier mehr vertraute als ihr. Sandra war sauer. So sauer, wie eine guterhaltene Fünfundvierzigjährige, die seit vier Jahren keinen Sex mehr hatte und der eben klarwird, dass ihr Mann versucht, Kohle an ihr vorbeizuschmuggeln, es nur sein kann. Sie machte keine Szene. Im Gegenteil. In dieser Situation höchster Rage tat Sandra etwas sehr Besonnenes: Sie griff zum Telefon und wählte die richtige Nummer.

Am anderen Ende der Stadt klingelte das Telefon im Hause Berg, aber Marianne konnte es nicht hören. Der schnurlose schwarze Plastikbarren lag auf seiner Ladestation im halbdunklen Wohnzimmer. Die Vorhänge waren zugezogen, es sollte nicht zu warm werden im Haus. Die Küche war sauber und leer. Man hätte sich vorstellen können, dass hier schon lange niemand mehr gekocht hatte.

Nur ein Zimmer weiter lag Marianne auf dem Rücken in ihrem Bett. Sie reagierte nicht auf den nervigen Klingelton, der an dem Gerät werksseitig eingestellt war und den sie in drei Jahren nicht geschafft hatte zu ändern. Und das war ein besonders unangenehmer, trillernder Ton, der in drei kurzen Schrillattacken hintereinander die Stille des Raumes zerriss. Mariannes bleiches Antlitz blieb reglos.

Erst als ein großes Stück kalter Asche von der erloschenen Kippe zwischen ihren Lippen abfiel und über die Wange auf ihr Augenlid kullerte, fing sie an zu zwinkern.

Ohne die Augen zu öffnen, entfernte sie mit einer langsamen Handbewegung den kalten Filter aus ihrem Mund, was gar nicht so einfach war, da er schon seit Minuten dort festklebte. Dann drängelte die hysterische Telefonmelodie aus dem Wohnzimmer in ihr Bewusstsein, und sie erhob sich aus ihrem nikotindurchräucherten Lager. Inzwischen war aber schon der Anrufbeantworter angesprungen, und sie hörte Feinkorn um einen Rückruf bitten.

Marianne schlurfte in die Küche, um sich ein frisches Bier zu holen. Sie dachte nicht daran, den Kommissar zurückzurufen. Er würde sie mit Sicherheit über die Spieluhr ausfragen, und sie bereute inzwischen, dass sie überhaupt davon angefangen hatte. Denn wenn sie ehrlich war, wusste sie nicht mehr so genau, was sie an dem späten Vormittag im Biergarten, der bis in den frühen Abend gedauert hatte, nach dem fünften Hefeweizen so alles behauptet hatte. Immerhin war der Mann Kommissar. Aus Hamburg. Wenn man so jemanden unterhalten wollte, musste man sich schon etwas einfallen lassen. Sieglinde würde sie mit ihrem schulmeisternden Blick anschauen und ihr mit irgendeinem strafenden Sprichwort kommen, wenn sie davon erfuhr.

Während sie die Kühlschranktür schloss, fiel ihr Blick nach draußen auf die Eingangstür, vor der etwas auf dem Boden lag, das sie nicht identifizieren konnte. Als sie die Schale mit den Himbeeren hereinholte, mögen die Gedanken über ihre Freundin etwas milder gewesen sein. Vielleicht hat sie, kurz bevor das Unglück geschah, noch gewürdigt, dass Sieglinde es immer gut mit ihr gemeint hatte und dass sie, angesichts dessen, wie wenig sie diese Freundschaft pflegte, doch eigentlich dankbar dafür sein musste, jemanden zu haben, der ihr so die Treue hielt. Wir werden es nie erfahren.

Was ich sicher sagen kann, ist, dass Marianne, vielleicht in einem Überschwang von freundschaftlicher

Zuneigung zu Frau Jasmin oder betäubt von Schlaf und Alkohol und berauscht vom Duft der signalroten Beeren, ohne auch nur eine Sekunde über die Gefahren nachzudenken, einfach mitten ins Obst griff und sich eine ganze Handvoll davon in den Mund schaufelte.

Die Wespe, die dazwischen krabbelte, sah sie nicht. Und ich möchte diesem an sich harmlosen Insekt auch keinen Vorwurf machen. War es doch ebenfalls ein Opfer der süßen Üppigkeit. Angelockt vom Geruch und überwältigt vom Geschmack, hatte es gierig seine zangenförmigen Kiefer in die pralle Frucht gerammt, und der rote Saft war ihm dabei in dicken Tropfen über das gelbschwarzgestreifte Chitin gelaufen. So versunken war die Wespe in ihrem Fressrausch, dass sie gar nicht bemerkte, wie sie auf einmal mitsamt ihrem Essen hoch in die Luft gehoben wurde. Erst als sich der dunkle Schatten von Mariannes Hand über ihre Facetten schob, sah sie auf, aber da war es schon zu spät, denn sie war, eingeklemmt durch den Druck sich zusammenschiebender roter Massen, gefangen im nassen Fruchtfleisch und landete in einem engen dunklen Loch.

Wenn es je einen passenden Moment gegeben hatte, seinen Stachel zu benutzen, dann war es dieser. In Todesangst rammte das tapfere kleine Insekt sein einziges zur Verfügung stehendes Mittel der Verteidigung in den nachtschwarzen Feind, der es von allen Seiten umschloss, und pumpte seine gesamte Giftblase leer. Dann wurde es hin- und hergeworfen, von klebrigem Schleim umschlossen, der ihm die Fühler an den Kopf drückte, und schließlich schoss es wie eine Rakete aus dem dunklen Loch ins Freie, knallte gegen etwas Hartes und verlor das Bewusstsein.

Betreff: Ich hab gewonnen!

… nein, nicht unsere Wette. Weißt du was: Scheiß auf die Wette. Ich schenk dir den Sieg.

Ja, du vermutest richtig. Bei einem Getränk nach dem Kino ist es nicht geblieben. Und beim Sex auch nicht. Obwohl ich schon dafür meinen rechten Arm hergegeben hätte. Manfred, diese Frau ist ein verschüttetes Kraftwerk. Ein Kraftpaket. Ich bin verknallt. So was von. Was sie an mir findet, ist mir schleierhaft. Ich versuche, nicht darüber nachzudenken. Sandra ist jetzt bei mir. Wie das passieren konnte, ist mir egal. Ich weiß nur, dass ich sie nicht wieder gehen lasse.
Tja, Kumpel, unser Segelurlaub fällt leider flach. Ich fahre mit Sandra ans Ijsselmeer. Nimm's mir nicht übel. Wenn du sie kennenlernst, wirst du mich verstehen.

Ich melde mich.

Sven.

PS: Wir holen das nach, versprochen! Wettschulden sind Ehrenschulden.

Alte Füchse gehen schwer in die Falle

Am Montag nahm sich Wolfgang Fischer einen halben Tag frei, um seinen Schatz auf eigene Faust in der sechzig Kilometer entfernten Landeshauptstadt zu verhökern. Er ging in den Garten, stellte Prinz seinen Napf mit den Kartoffeln vor die Hütte und entfernte die Zwischenwand.

Ja, ob Sie's glauben oder nicht: Die Lieblingsspeise des gehorsamen großen Wachhundes waren halbdurchgekochte Kartoffeln. Prinz war inzwischen elf Jahre alt. Sein Fell war dicht und frei von grauen Haaren, er hatte eine eindrucksvolle Stimme und beherrschte die ganze Skala von dumpfem Knurren über heiseres Kläffen bis zum markerschütternden dröhnenden Verbellen, aber er hatte nur noch sechs Zähne, und zwei davon wackelten. Das war aber nicht der Grund für seine vegetarische Ernährung.

Prinz mochte Kartoffeln. Schon als Welpe hatte er auf dem Küchenboden gewinselt und gebettelt, wenn Sandra welche auf dem Herd kochte. Eines Tages hatte sie dann ein kleines Stück abgebrochen, es kaltgepustet und ihm angeboten. Niemand ist gegen das herzerwärmende

Gefühl gefeit, das in einem hochsteigt, wenn einem jemand aus der Hand frisst. Und ab da wollten es beide immer wieder haben: sie die dankbare Hundeschnauze und er die Kartoffeln.

Wolfgang hatte daraufhin Prinz Küchenverbot erteilt und ihn allein erzogen, denn er sollte schließlich kein Schmusetier, sondern ein Wachhund werden. Das wurde er auch, aber Kartoffeln blieben seine Leidenschaft.

Während er mit Hingabe um die dazwischengesteckten Wurststückchen herumschleckte, legte Fischer das Holzbrett zur Seite und tastete nach der Kiste. Sie fehlte. Er schob den Arm weiter in den Hohlraum und griff mit der Hand ins Leere. Er richtete einen vorwurfsvollen Blick auf den friedlich fressenden Prinz, verwarf den Gedanken aber sofort wieder. Dann holte er aus der Garage eine Taschenlampe, mit der man eine Lagerhalle in gleißendes Licht hätte tauchen können, und leuchtete in den Zwischenraum. Nichts.

Der große Junge in der Midlife-Crisis und den weißen Shorts sah sich aus einem Reflex heraus um, als ob hinter ihm jemand stünde, an den er sich wenden konnte, den er klopfenden Herzens fragen konnte, wie es jetzt weiterging. Was nun aus seinen Plänen wurde, Maulheim und seiner freudlosen Ehe zu entfliehen?

Prinz sprang auf, bereit, seine Kartoffeln liegen zu lassen, um seinem Herrchen beizustehen. Er tänzelte um Wolfgang Fischer und wedelte aufgeregt mit dem

Schwanz. Er spürte, dass etwas passiert war, dass gleich etwas losgehen musste! Tief in seinem Innern hatte sein wildes Hundeherz schon immer gewusst, dass das Ablaufen des Schwimmbadzauns nur eine Zwischenstation für ihn war. Er war ein Schäferhund! Er konnte eine ganze Herde verteidigen! Und nun war es so weit: Sein Herrchen brauchte Hilfe! Was machte das Herrchen jetzt? Was machte es? Es griff in die Tasche – was hatte es da drin? Prinz sprang mit den Vorderpfoten ein bisschen hoch und bellte. Ich bin bereit! Ich folge dir! Wohin geht's?

Und was machte Herrchen? Herrchen blieb, wo es war. Es zückte sein beschissenes Mobiltelefon und heulte sich bei Sieglinde aus.

Nachdem Frau Jasmin aufgelegt hatte, sagte sie, ohne den Kopf Richtung Lager zu wenden: »Komm rein.«

Sebastian trat aus seinem Versteck, blieb neben der hellen Holzwand mit dem kleinen Kräuterregal stehen und sah seiner ehemaligen Chefin lange in die Augen. Sein Blick ging einfach geradeaus. Seine Pupillen, fast schwarz, standen reglos, er zwinkerte kaum. Keine Gefühlsregung ließ sich daraus ablesen. Sebastian konnte eine gemauerte Wand durchstarren und dabei ganz bei sich bleiben. Hinter Frau Jasmin stapelten sich auf großen, schräg von der Wand hängenden Regalen Orangen, Grapefruits, Nektarinen, Honigmelonen und Mangos.

Sie standen nur ein paar Meter voneinander entfernt: ein schmaler, olivbrauner, kantiger Kerl mit imposanten Tränensäcken und einer Frisur, die mehr zu wiegen schien als der Rest von ihm, und eine dralle Rothaarige mit einem hängenden Augenlid und einer giftgrünen Hornbrille.

»Ich kann verstehen, dass du nicht besonders erfreut über meinen Besuch bist«, brach Sebastian das Schweigen.

»Besuche machen immer Freude«, erwiderte Frau Jasmin kühl und kam die zwei Schritte hinter der Theke vor, um den Laden über Mittag abzuschließen. »Wenn schon nicht beim Kommen, dann wenigstens beim Gehen. Kaffee?«

Sebastian nickte und folgte ihr nach hinten.

»Das war nicht das erste Telefongespräch, das du hier belauscht hast, oder?«, fragte sie, während sie den Kaffee aus der Glaskanne in zwei große weiße Tassen mit dem Werbeaufdruck eines Gemüsegroßhändlers goss.

Sebastian lehnte schuldbewusst an dem bis unter die Decke reichenden Metallregal und schwieg.

Frau Jasmin stellte die Tassen auf den Campingtisch, ließ sich auf den abgenutzten weißen Klappstuhl sinken und sagte: »Setz dich.«

Sebastian nahm sich einen Kaffee und gehorchte. Als er, etwas tiefer als sie, ihr gegenüber auf der umgedrehten Kiste hockte und seine langen, dünnen Beine übereinandergelegt ausstreckte, war es ein bisschen wie früher. Im selben Moment, da sie bemerkte, wie sehr ihr das behagte, beschloss sie, es vor Sebastian zu verbergen.

»Was willst du hier?«, fragte sie teilnahmslos und pustete in ihre Tasse.

»Dich fragen, wo die Spieluhr ist«, antwortete Sebastian geradeheraus.

Frau Jasmin, überrascht von so viel Chuzpe, reagierte mit ungläubigem Lachen. »Eins muss man dir lassen«, sagte sie, »du hast mich nie belogen.«

»Ich hab dich auch nie belauscht«, antwortete er. »Du hast dir nie viel Mühe gegeben, etwas vor mir zu verheimlichen.«

»Du schon«, gab Frau Jasmin schneidend zurück. Sie stand auf und sagte zornig: »Du hast mir gar nichts erzählt: nicht, wer du bist, nicht, wieso du hergekommen bist ...« Sie stockte, denn was Sebastian jetzt tat, nahm ihr von einer Sekunde zur anderen den Wind aus den Segeln.

Er stellte die Tasse weg und glitt von seiner Kiste auf den Boden. Auf den Knien rutschte er dicht zu Frau Jasmin, die sich verunsichert an den Campingtisch drückte. Er legte die Hände vor der Brust aufeinander und sagte mit fester Stimme und gesenktem Blick: »Sieglinde: Ich habe falsch gehandelt. Du hast mir geholfen, dafür möchte ich dir danken. Es tut mir leid, dass ich dich gekränkt habe. Ich bitte dich, mir zu vergeben. Konfuzius sagt: ›Der Dumme lernt aus seinen Fehlern, der Weise lernt aus den Fehlern der anderen.‹«

Frau Jasmin erschrak. Vor seiner Demut und ein bisschen über sich selbst. Natürlich war sie der Meinung, es sei eine Entschuldigung fällig. Aber wer rechnete denn damit, dass einem so prompt geliefert wurde, was man sich insgeheim wünschte? Statt befriedigt, fühlte sie sich ertappt. Denn wenn sie ehrlich war, hätte sie, würde man sie gefragt haben, was sie von Sebastian hören wollte, ziemlich genau diese Worte gewählt haben. Bis auf den Spruch von Konfuzius vielleicht. Was wollte er ihr denn damit unter die Nase reiben? Dass sie die Klügere war? Dass sie den Mund halten und nachgeben sollte? Wenn er glaubte, er könnte sie mit fernöstlichen Weisheiten einlullen, unterschätzte er ihre Bodenhaftung.

Sie straffte sich und ging seitlich an ihm vorbei zum Hinterausgang. »Der Volksmund sagt: ›Lügen haben kurze Beine‹«, warf sie ihm hin, »mal sehn, wie weit du damit kommst. Die Spieluhr ist weg. Und Wolfgang verdächtigt dich, dass du sie gestohlen hast. Wenn ich du wäre, würde ich meine Stumpen in die Hand nehmen und laufen. Womöglich hat er schon die Polizei angerufen.«

Sebastian erhob sich, ging zu ihr, kramte den Ladenschlüssel aus der Hosentasche und legte ihn sacht auf ihre geöffnete Hand. Er hielt sie dabei ganz kurz fest, lächelte liebevoll und raunte: »Es war mir eine Ehre.«

Nun war sie diejenige, die die Augen niederschlug. Sie umschloss den Schlüssel mit der Faust, als wäre er ein

Schatz, und hielt Sebastian die Stahltür auf. Als sie ihren Blick wieder hob, sah sie Frau Klammroth aufgeregt winkend über den Hof kommen. Diese erkannte Sebastian, ließ die Hand sinken und blieb abrupt stehen. Als er an ihr vorüberging, nickte er ihr respektvoll zu, und sie nickte wortlos zurück. Wie zwei alte Generäle am Rande des Schlachtfeldes.

»Frau Klammroth«, rief Frau Jasmin, als sie fand, diese habe Bastl nun lange genug nachgesehen, »was machen Sie denn hier?«

»Ich hab vorne an die Scheibe geklopft«, antwortete sie, »aber Sie haben mich wohl nicht gehört.«

»Nein. Ich war hinten im Lager«, setzte Frau Jasmin den sinnlosen Dialog fort, der nur dazu dienen sollte, ihnen beiden die Peinlichkeit zu nehmen.

Frau Jasmin trat ins Freie und ließ die Tür hinter sich zufallen.

»Ist der junge Herr von Coburg zurückgekommen?«, fragte Frau Klammroth.

Frau Jasmin setzte sich auf die kleine Holzbank, die an der Mauer neben Sebastians verlassenem Mini-Gewächshaus stand, und stütze die Ellbogen auf die Knie. »Nein. Er ist gegangen.« Dann richtete sie sich auf und sagte: »Frau Klammroth: Das bleibt doch unter uns.«

Die treue Stammkundin gesellte sich zu ihr auf das Bänkchen und versicherte: »Auf mich können Sie sich verlassen.« Sie zupfte ein paar welke Blätter von einer rotblühenden Geranie, die vor ihr auf dem Boden stand, und bemerkte vorsichtig: »Sie mögen ihn wohl sehr.«

»Ach, was heißt mögen«, Frau Jasmin sah zu Boden. »Vielleicht will ich einfach nicht zugeben, dass meine Menschenkenntnis doch nicht so gut ist, wie ich immer dachte.«

»Irren ist menschlich«, sagte Frau Klammroth.

»Ja. Hoffentlich werde ich aus dem Schaden klug«, erwiderte Jasmin.

»Sie müssen nicht so hart mit sich sein. Manchmal sieht man nur das, was man sehen will«, tröstete Frau Klammroth, der gerade bewusst wurde, dass sie und Frau Jasmin sich zum ersten Mal außerhalb des Ladens unterhielten. Sie schnaufte. »Aber ehrlich gesagt«, schob sie hinterher, »habe ich nie so richtig verstanden, was Sie in ihm gesehen haben.«

Frau Jasmin fing jetzt auch an, Braunes von der Geranie zu zupfen. »Manchmal, wenn er draußen im Hof saß und so in sich versunken an irgendetwas rumgewerkelt hat, sah ich Charly vor mir, wie er an seinem Motorrad bastelt. Na ja, ich weiß auch nicht«, seufzte sie, »er kam von so weit her. Und er hat mir zugehört.«

»Es ist wichtig, dass man jemanden zum Reden hat«, sinnierte Klammroth, und nach einem Augenblick, in dem sie beide schweigend an der Geranie herumzupften, gestand sie leise: »Mir fehlt Yvonne.«

Die beiden Frauen blieben noch eine Weile auf der schmalen Bank im Hof, rupften Blätter und unterhielten sich. Wie sie da saßen, eng beieinander, die eine in knielangen hellen Jeans, Turnschuhen und karierter Bluse und die andere im hochgeschlossenen geblümten Kleid und Sandalen, hätte man sie für ungleiche Freundinnen halten können. Klammroth ragte im Sitzen fast anderthalb Köpfe über Jasmin hinaus, während diese zwei Drittel des Platzes auf der Bank für sich beanspruchte. Zwar waren die beiden Frauen miteinander vertraut, aber ein offenes Wort über persönliche Dinge wurde zwischen ihnen nur in Bezug auf andere ausgesprochen. Menschen, deren Schicksal einen beschäftigte, denen man aber nicht zu nahe kommen wollte.

In dieser Mittagspause, wie in einer gestohlenen Stunde, sprachen sie erstmals über sich selbst und waren sich in den wesentlichen Punkten einig: dass das Single-Leben hin und wieder einsam sei, aber einem die eigene Unabhängigkeit mittlerweile über alles gehe, dass man in keinem Alter davor gefeit sei, sich in die falsche Person zu verlieben, und dass eine Frau wunderbar ohne Mann glücklich sein könne. Auf diese Weise hatte Frau Klammroth ausgesprochen, was sie schon immer jemandem hatte anvertrauen wollen, ohne etwas Konkretes gesagt zu haben, und man bestätigte sich gegenseitig in der Meinung, jeder solle nach seiner Façon glücklich werden.

Als es Zeit war, den Laden wieder zu öffnen, ging Frau Jasmin mit ihrer Stammkundin durch das Lager in den Verkaufsraum. Frau Klammroth fühlte sich wie ein Teenie mit Backstage-Pass.

Kaum hatte Frau Jasmin die verglaste Eingangstür aufgeschlossen, betrat Frau Portler den Laden, und während Frau Jasmin und Frau Klammroth dabei waren sich zu verabschieden, fingerten ihre peniblen kleinen Hausfrauenhände einen Salatkopf aus der Kiste, drehten ihn um, stellten ihn wieder zurück, holten einen zweiten heraus, legten ihn wieder zurück.

Schließlich sah sie missmutig hinüber zum Chicorée, bis Frau Jasmin sagte: »Kann ich Ihnen helfen?«

»Ich weiß nicht so recht«, antwortete sie zögerlich, während ihr Blick abschätzig über den Radicchio wanderte. »Haben Sie frischen Salat?«

Frau Klammroth riss entsetzt die Augen auf und starrte gespannt zu Frau Jasmin hinüber, die jetzt schwungvoll hinter der Theke hervorkam.

»Ja. Mehrere Sorten«, sagte sie zackig und rasselte herunter: »Lollo Rosso, Lollo Bianco, Frisée, Chicorée, Radicchio, Kopfsalat, Eichblatt und Endivie.«

»Hm«, machte die Kundin nachdenklich und streckte die Hand in Richtung Lollo Rosso aus, aber Frau Jasmin war schneller und zeigte auf das rote »Ware bitte nicht anfassen!«-Schild über der Theke. »Sie müssen das nicht einzeln überprüfen. Was Sie bei mir bekommen ist einwandfrei.«

Die zähe kleine Frau Portler zog tapfer die Mundwinkel hoch: »Aber Sie werden mir doch zugestehen, dass ich mir ansehe, was ich kaufe.«

Frau Jasmin erwiderte das falsche Lächeln und sagte seelenruhig: »Sehen tut man mit den Augen, gell?«

»Ja, dann geben Sie mir ein Pfund Nektarinen. Da kann man wohl nichts falsch machen.«

Frau Jasmin holte tief Luft, stützte ihren massiven Oberkörper auf die Theke, schielte über den Rand ihrer grünen Hornbrille und presste mit dem letzten Rest der ihr zur Verfügung stehenden Höflichkeit hervor: »Nektarinen hab ich keine mehr. Pfirsiche kann ich Ihnen anbieten. Die sind zuckersüß.«

Aber Frau Portler, die unauffällige, tadellose Frau Portler, schien heute ihren renitenten Tag zu haben. »Ach?«, sagte sie angriffslustig, »die gibt's aber sonst überall!« Da sie von Frau Jasmin dafür nur einen versteinerten Blick und krampfhaft beherrschtes Schweigen erntete, sah sie zu Frau Klammroth hinüber und bemerkte: »Am besten schmeckt sowieso das Obst aus dem eigenen Garten, nicht wahr, aber man will ja auch nicht immer Pflaumen essen. Und Pfirsiche sind mir zu pelzig.«

»Dann müssen Sie sie halt schälen«, sagte Frau Klammroth eisig.

»Dann schmecken sie aber trotzdem nicht wie Nektarinen«, möschelte Frau Portler trotzig. Sie blickte an Frau Jasmin vorbei ans Wandregal: »Was haben Sie denn an Äpfeln da?«

»Braeburn, Jonagold, Elstar, Idared«, versetzte Jasmin barsch, »alle frisch!«

»Heute Morgen eigenhändig vom Großmarkt geholt«, ergänzte Frau Klammroth schnippisch und stellte sich neben die Kasse an Frau Jasmins Seite.

Frau Portler, der jetzt der Blick auf die Äpfel versperrt war, blinzelte verunsichert und wich einen Schritt zurück. Schließlich stammelte sie: »Ja, ich weiß auch nicht, vielleicht sollte ich erst noch mal drüber nachdenken.«

»Machen Sie das«, sagte Frau Jasmin breit grinsend, und Isolde Klammroth setzte hinzu: »Nachdenken ist immer gut!« Sollte die sich ihre Gratispflaumen doch an den Hut stecken.

Die Eingangstür fiel bimmelnd hinter Frau Portler ins Schloss, und Frau Klammroth sagte selbstzufrieden: »Gut. Ich muss dann jetzt auch mal los«, als platze ihr Terminkalender aus allen Nähten.

»Wiedersehen, Frau Klammroth«, erwiderte Frau Jasmin herzlich, »ich wünsch Ihnen einen schönen Tag!«

Als sie allein im Laden war, bückte sie sich, um ein paar neue braune Papiertüten aus dem Fach unter der Theke zu holen, und beim Hochkommen entdeckte sie Frau Klammroths Schirm neben dem Eingang, den diese wohl bei ihrem Einkauf am Morgen vergessen hatte, weswegen sie überhaupt noch einmal zurückgekehrt war. Lächelnd schüttelte sie ihre roten Locken, holte ihren Weidenkorb unter der Theke hervor und begann, ihn mit Gemüse für Marianne Berg zu füllen. Nach dem, was ihrer Freundin mit den Himbeeren passiert war, wollte sie ihr fürs Erste kein Obst mehr zumuten.

Die Kirche ist erst aus,
wenn man aufhört zu singen

Ja, Marianne Berg ging es inzwischen wieder ganz gut, und um Sie gleich zu beruhigen: der Wespe auch.

Als das halbverschluckte Insekt sich verzweifelt verteidigte, spürte Marianne einen Stich im Hals und wusste sofort, was los war. Das fühlte sich anders an als das Brennen, das sich einem um den Kehlkopf legt, wenn man russischen Selbstgebrannten probiert, oder das fiese Ziehen im Rachen beim Kippen von Enzianschnaps. Abgesehen davon, dass der schmeckt wie Fliesenkitt. Nein, dies hier war ein kurzer, aber stark brennender Schmerz, und da sich das mutige Tier nach Kräften dagegen wehrte, noch tiefer in die menschlichen Abgründe gepresst zu werden, und mit sechs Beinen, vier Flügeln und zwei Fühlern strampelte, löste Mariannes bei 1,6 Promille noch einwandfrei funktionierender Körper einen Hustenreflex aus. Für eine geübte Trinkerin war das die normale Betriebstemperatur. Allenfalls war ihr Pegel dazu geeignet, ruhig Blut zu bewahren. Nachdem sie die Wespe ausgehustet hatte, ging sie in die Hocke und holte die Schale mit den Eiswürfeln aus dem Gefrierfach. Sie wickelte ein paar Stücke in ein Geschirrtuch und kühlte sich den Hals. Dann goss sie sich in aller Ruhe einen Whisky ein, tunkte einen weiteren Eiswürfel hinein, steckte ihn sich so schmackhaft benetzt in den Mund und rief den Krankenwagen. Als der Notarzt wenige Minuten später mit quietschenden Reifen und einer Cortisonspritze im Gepäck vor ihrem Haus hielt, hob sie die tropfnasse Wespe vom Boden auf, setzte sie aufs Fensterbrett und sagte: »Da ham wir ja noch mal Glück gehabt.«

Einige Tage später sah man sie im Schwimmbad, übrigens zum ersten Mal seit der Zeit, als sie noch Berichte übers Weinfest für das Maulheimer Tagblatt schrieb. Frau Klammroth hatte sie bei einem Krankenbesuch dazu überredet. In Jeans, schwarzem Träger-T-Shirt und mit einer großen blickdichten Sonnenbrille saß sie qualmend neben ihrer munter plaudernden neuen Biergartenbekanntschaft, die sich im bordeauxroten Badeanzug und ihrem um die Hüfte geschlungenen, großen blauen Handtuch so dicht es ging zu ihr hinüberlehnte.

Frau Klammroth berichtete mir später stolz, sie habe sich einfach eine Flasche Himbeergeist unter den Arm geklemmt und an der verwitterten grünen Tür des kleinen Häuschens geklingelt. Marianne Berg habe den Vorschlag, zusammen ein Schnäpschen zu trinken auf den Schreck, auch wenn der schon zwei Tage her war, spontan gut gefunden und sie hereingebeten, weil für einen Obstler immer ein Termin bei ihr frei sei.

Ich sah die beiden am hinteren Ende der Terrasse sitzen, in dem Bereich, wo die Liegewiese direkt an die weißen Plastiktische grenzt, und riskierte nur von weitem einen Blick. Von Frau Klammroth hatte ich mich bereits verabschiedet, und ich wollte keine unnötige Aufmerksamkeit erregen, um meine Transaktion nicht zu gefährden. Mein Job hier war getan. Dies sollte mein letzter Besuch im Maulheimer Schwimmbad sein.

Ich wollte mir gerade die sperrige Umhängetasche auf die Schulter hieven, als der Kommissar, der am ersten Tisch vor dem Eingang zur Cafeteria an seinem Notebook saß, von Sandra nach drinnen beordert wurde.

»Kannst du mir mal helfen?«, hörte ich sie aus der Küche rufen, und er sprang von seinem Plastikstuhl, als hätte er eben über Funk einen Einsatzbefehl erhalten.

Als er hinter der Kühlraumtür verschwand, klappte ich sein Notebook zu und steckte es in meine große Tasche. So viel Leichtsinn musste bestraft werden.

Davon abgesehen, werde ich bis heute das Gefühl nicht los, der Kommissar hat unbewusst gewollt, dass jemand den Computer von ihm nimmt. Zu einer kleinen blonden Frau passt Pink ja auch viel besser. Ich hatte nun endlich alles, was ich wollte, plus ein pinkfarbenes Notebook, und machte mich auf den Weg zu meiner letzten Etappe.

Einen Tag später saß ich bereits mit Sebastian im Flieger nach Jakarta. Nachdem Frau Jasmin ihm mit der Polizei gedroht hatte, sah er ein, dass die Spieluhr verloren war, und beschloss, Indonesien sei ein guter Ort, um ein neues Spiel zu beginnen. Wir würden vielleicht nicht in den ersten Häusern am Platz wohnen, aber mit dem Geld, von dem Sebastian glaubte, ich hätte es mir von einer Freundin geliehen, könnten wir dort das nächste halbe Jahr bequem leben.

Zur selben Zeit, in der Sebastian und ich uns in 10 000 Metern Höhe gemeinsam in die Toilette schmuggelten, saßen in Maulheim Frau Jasmin, Marianne Berg und Wolfgang Fischer bei von Stelten auf der Terrasse und feierten seine Entlassung aus dem Krankenhaus bei Kuchen und Champagner. Er hatte die Nachricht von Yvonnes Unfall inzwischen einigermaßen verarbeitet und bereits Skizzen für eine kleine Steinskulptur angefertigt, die er für sie in Auftrag geben wollte. Tatsächlich sollte er viele Wochen später zusammen mit Frau Jasmin in der großen Stadt den Friedhof aufsuchen und einen kleinen, steinernen Hut auf ihr Grab legen.

Als Marianne den Korken knallen ließ und die Gläser füllte, erhob er sich und sagte feierlich: »Trinken wir auf Yvonne, eine Frau, die es verstand, Prioritäten zu setzen. Sie wusste nichts übers Kochen, aber alles über Proust.«

Nachdem alle ihre Gläser wieder abgestellt hatten, entstand eine kurze Stille. Fischer lobte aus Verlegenheit den Champagner. Marianne hatte darauf bestanden, welchen zu besorgen. Und auf Frau Jasmins Einwand, sie hätte sich nicht so in Unkosten stürzen sollen, entgnete Berg mit ihrem heiseren Lachen: »Ach was, Sieglinde, du bist doch so ein Fan von Sprichwörtern! Ich hab ein neues für dich: Spare in der Not, dann haste Zeit dazu.«

Schon höre ich Sie krähen: »Wo sind denn jetzt die drei Toten, die mir am Anfang versprochen wurden?«, und ich kann Ihnen nur zurufen: Schämen Sie sich nicht, dass Sie von mir verlangen, zwei weitere Unschuldige sterben zu lassen? Reicht Ihnen der sinnlose Tod von Yvonne nicht? Und von Stelten ist doch ein sympathischer Mensch. Oder haben Sie was gegen Schwule? Soll er deshalb an einer popeligen Allergie sterben? Gegen welchen der chemischen Inhaltsstoffe der Lebensmittelfarben, die Sebastian für seine violetten Kumquats zusammengemixt hatte, er allergisch ist, habe ich mir nicht gemerkt, aber es war etwas mit einem großen E vorne und hintendran einer dreistelligen Zahl, und natürlich war das Wasser auf die Mühlen unseres Hobbykochs und Frischzutatenverfechters. Fest steht, dass der Graf aufgrund der allergischen Reaktion einen anaphylaktischen Schock erlitten hatte, und wenn das Hirn zu wenig Sauerstoff bekommt, schaltet es den Körper vorsichtshalber erst mal ab. Aber nicht unbedingt für immer. Und in diesem Fall bin ich sehr froh darüber. Denn Richard von Stelten, Graf und Gentleman, hat noch einiges an Köpfen zu verdrehen, Freunden zu bekochen und Caipirinhas zu mixen. Es werden neue

Yvonnes auftauchen und frische junge Gärtner. Und wenn Ewald einigermaßen was in der Birne hat, wird er zu Richard zurückkehren in die Villa auf dem Hügel hoch über Maulheims roten Dächern.

Nein, es hat sich durch unser kurzfristiges Eindringen in die Idylle am Berg nichts Wesentliches geändert. Aber es sind nicht immer die großen Veränderungen, das Gewinnen einer Castingshow, die Gesichtsoperation, die Besteigung des Everest, die unser Dasein leicht und angenehm machen, nicht wahr?

Frau Jasmin hat allen Mut zusammengenommen und den Kommissar bei seinem nächsten Einkauf gefragt, was um Himmels willen über sie in seinem grünen Notizbuch stünde, und er hat auf seine norddeutsche Art geantwortet »Nix« und ihr das aufgeschlagene Büchlein unter die Nase gehalten.
»Artischocken, Aubergine, Avocado, Bambussprossen, Blumenkohl, Bohnen weiß, Bohnen rot, Brokkoli, Champignons, Erbsen, Esskastanien, Feldsalat, Fenchel, Frühlingszwiebel …« Eine seitenlange Liste stand da.
»Wozu?«, wollte Frau Jasmin wissen, und Feinkorn antwortete: »Eine Wette.«
»Über Gemüse?«, hakte sie nach.
»Und?«, fragte er zurück.
Frau Jasmin zuckte mit den Schultern. »Das passt irgendwie nicht zur Kriminalpolizei. Da denk ich an

Mord- und Totschlag, aber nicht an Hülsenfrüchte«, sagte Frau Jasmin.

»Stimmt«, bemerkte Feinkorn, die Tür schon in der Hand, und während er das Büchlein wieder einsteckte: »Gemüse hat meines Wissens noch keinen umgebracht.«

Marianne Berg und Frau Klammroth werden in letzter Zeit öfter im Biergarten zusammen gesehen. Isolde und ich telefonieren regelmäßig miteinander, und ich glaube, sie ist ein bisschen verliebt. Sandra ist mit ihrem Sven ans Ijsselmeer gefahren, und wenn sie klug ist, segelt sie mit ihm bis zum Horizont. Wolfgang Fischer ist also seine Frau endlich losgeworden, und wie ich höre, erzählt er überall herum, er habe ein Jobangebot bei seiner Schwester in Leipzig, aber nicht mal seine Freunde glauben noch, dass er es annimmt.

Und was die zu beklagenden Todesopfer angeht, so haben Sie sicher Oma Coburg vergessen. Oder meinen Sie, sie zähle nicht, weil sie schon so alt war? Auch wenn es sie kaltlässt: Sie starb Ende August, meiner Meinung nach vor der Zeit, was durch eine gesündere Ernährung ohne Zweifel hätte vermieden werden können, und ich war eine der Letzten, die sie lebend gesehen hat.

Gleich nach Sebastians erfolglosem Einbruch in Fischers Büro fuhr ich noch einmal ins Seniorenstift. So sehnsüchtig, wie die Alte von dem Kästchen gesprochen hatte, dachte ich mir, es würde sie interessieren, dass es wieder aufgetaucht war. Es war nicht einfach, einen Deal mit ihr auszuhandeln, denn ihre wachen Momente waren unterbrochen von wirren Phasen, in denen sie von Königshäusern, Mätressen und Geschenken faselte und nebenbei versuchte, mir ihre komplizierte Adelsliniengeschichte zu erklären. Auf jeden Fall begriff ich so viel, dass die Spieluhr ein Erbstück ihrer Urgroßmutter war und ihr mehr am Herzen lag als das Wohl ihres langhaarigen Enkels. Ich verließ sie mit dem abstoßenden Geruch von Desinfektionsmitteln und Kompott in der Nase und dem festen Versprechen, ihr das Objekt ihrer Begierde zu verschaffen. Nachdem mein Versuch, mit dem Bademeister ins Geschäft zu kommen, gescheitert war, war mir die unerschöpfliche Energie eines überlaufenden Ehefrustfasses in Gestalt von Sandra Fischer zu Hilfe gekommen.

Wie jede ohnmächtige Frau, die glaubt, ihrem Ehemann unterlegen zu sein, checkte sie Wolfgangs Handy und fand den Eintrag »Kunsthändlerin« und darunter meine Nummer. Ich hatte ihm bei unserer Begegnung am Wasserpilz zwar zum Abschied einen Zettel mit meiner Nummer zugesteckt, es aber für unnötig befunden, ihm auch einen Namen dazuzugeben, und Sandra war bei weitem nicht so blöd, wie ihr minderbemittelter Ehemann glaubte. Sie schlug immerhin 8000 Euro bei unseren Verhandlungen raus, zweitausend mehr, als ich Fischer ursprünglich hatte bezahlen wollen, wodurch mir immerhin noch 17 000 Euro blieben. Ja, Sie haben richtig gelesen. Die alte Dame mit dem Hang zur Kinderfolter war bereit, mir 25 000 Euro zu bezahlen, wenn ich ihr ihre geliebte Spieluhr wiederbeschaffte. Seien wir ehrlich: Die Fruchtsäure von dem ganzen Apfelbrei, mit dem die Senioren in dieser angeblichen Residenz gemästet wurden, hatte Oma Coburgs Gehirn schon dermaßen zugesetzt, dass sie den Wert der Uhr und das ihr verbleibende Vermögen gehörig überschätzte. Immerhin ist sie glücklich gewesen, als sie das blaue, mit Edelsteinen besetzte Kästchen mit der vergoldeten Engelsfigur in den Armen hielt, und Sebastian und ich konnten durch das vorgezogene Erbe endlich wieder ungestört zusammen sein. Denn das ist alles, was ich will.

Yvonne konnte von Stelten nicht kriegen. Fischer wollte seine Frau nicht. Ich habe einen Mann, und ich gedenke, ihn zu behalten. Er ist ausgezehrt, seine Haut sieht aus wie Leder, und er hat einen Blick, der durch einen hindurchgeht wie durch eine frischgeputzte Fensterscheibe. Aber er ist mein Mann. Der einzige, den ich je hatte. Und er riecht nach Karotten.

Jetzt, wo Sie ihn kennen, werden Sie verstehen, dass es klüger ist, wenn ich das Geld für uns verwalte. Denn bei all seiner Intelligenz ist er doch manchmal völlig blind für die Tatsachen.

Ich weiß noch genau, wie wir Maulheim den Rücken zudrehten, ich voller Erleichterung darüber, dass wir dieses enge Kaff endlich verlassen konnten, und er mit der Bemerkung, es sei nicht schlechter als jedes andere Kleinstadtnest, und ein paar Wochen halte man es schließlich überall aus.

Als ich einwandte: »Trotzdem kann ich nicht verstehen, wie du dich so lange zwischen dem ganzen Obst aufhalten konntest«, antwortete er allen Ernstes: »Du und deine alberne Früchtephobie!«

ENDE

Statt eines Epilogs

Der Weisheit letzter Schluss

Dies ist der Weisheit letzter Schluss:
Was letztlich zählt, ist Zuckerguss.
Das saure Brot, den trock'nen Kuchen,
Die mögen andere versuchen.
Denn einzig würdig des Genusses
Ist das Produkt des Überflusses.

Nicht dass wir nicht für Edles lebten
Und pausenlos nach Höher'm strebten,
So dass man kaum noch Worte hat.
Auch uns macht keine Torte satt.
Klar, dass wir hungern und auch dürsten.
Wir sehnen uns nach Bier und Würsten.
Uns geht's da wie den andern Kindern,
Doch nichts konnte den Hunger lindern.
Und übrig bleibt von unser'n Taten,
Dass sie uns fürchterlich missraten.
Von was wir stritten, schufen, planten,
Verbleiben lediglich Pointen,

Ein kesser Reim, ein Stückchen Fummel,
Ein Sohn, ein Zigarettenstummel.
So reichen wir der Nachwelt dar,
Was nicht mehr zu gebrauchen war.

Doch sind nicht oft vom Fest das Beste
Die von dem Rest verschmähten Reste?
Des Lebens allergrößte Stärke
Sind häufig nicht die Meisterwerke:
Das Hingehauchte, leis' Gesagte
War oft das, was uns mehr behagte.
Das, was wir selber gern verhöhnten,
War das, woran wir uns gewöhnten.
Der Smoking kniff, der Kittel saß:
Wir sind – und mögen – Mittelmaß.
Und stehen stolz vor unser'n Scherben
Und werden Honig schlürfend sterben.

Die letzte Zugabe will keiner hören.
Das Publikum nicht mehr zu stören,
Verbeugen wir uns, und wir gehen.
Das allerletzte Glas bleibt stehen.

Manfred Binder